ENDE UND ANFANG

Renate Baum

ENDE UND ANFANG

Bibliografische Information der Deutschen Nationalbibliothek
Die Deutsche Nationalbibliothek verzeichnet diese Publikation
in der Deutschen Nationalbibliografie; detaillierte bibliografische
Daten sind im Internet über
http://dnb.d-nb.de abrufbar.

© 2023 Renate Baum

Umschlagdesign, Satz, Herstellung und Verlag:
BoD – Books on Demand, Norderstedt

ISBN 9783757846701

ERSTES KAPITEL

*D*u kannst mich doch jetzt nicht alleine lassen ...« – Schwach und belegt wehte die Stimme aus dem Kissengebirge.

Reglos lag sie da. Ihr winziger Kopf vergraben zwischen Kissen und Decken. Das Bett passte ihr schon lange nicht mehr. War viel zu groß geworden.

Die Tochter hatte sich einen Stuhl ans Bett gezogen, die Hand der Mutter genommen. Diese blau durchfurchte Pergamenthand zu halten, betrachtete sie als ihre Pflicht. Jetzt hatte sie eigentlich aufstehen wollen.

»Du kannst mich doch jetzt nicht alleine lassen ...« Doch nun wieder dieser Satz! Den kannte die Tochter zur Genüge. Ihr ganzes Leben hatte er sie begleitet. Seit jener Zeit, als sie begann, eigene Wünsche zu formulieren. Eigene Wege zu wagen. Wurde immer wieder gesprochen. Als das junge Mädchen viel Lust hatte auf Kino, Theater, Treffen mit Freundinnen, Tanzen mit Freunden. Als der Vater noch lebte und immer wieder reisen musste. Aus geschäftlichen Gründen. Vielleicht auch nicht nur aus geschäftlichen ...

»Du kannst mich doch jetzt nicht alleine lassen. Gerade jetzt, wo Papi wegfährt.« Das immer wiederkehrende, gefürchtete Stereotyp, wenn der Vater wieder mal die Koffer packte. Nicht ein einziges Mal war es ihr erspart worden.

Es spielte keine Rolle, ob die Tochter sich bereits verabredet hatte. Ob sie einen Film sehen wollte, den man nur an diesem Tag zeigte. Ob eine Freundin oder ein Freund Geburtstag feierte und sie eingeladen war.

»Du kannst mich doch jetzt nicht alleine lassen ...« Eingekeilt zwischen Angst, Wut, Enttäuschung und vorzeitiger Resignation wagte die Tochter einen letzten Versuch, sich zu entziehen. Vergeblich. »Ach Gott, du kannst noch so oft in deinem Leben ins Kino gehen!« oder – mit jenem gekünstelt neckischen Unterton, den die Mutter so gut einzusetzen wusste – »Deine Freundin hat doch nächstes Jahr wieder Geburtstag!«

Wenn der Mann schon nicht da war, musste wenigstens die Tochter bleiben. Vorhanden sein. Greifbar. Verfügbar.

Irgendwann hatte die Tochter die nutzlosen Versuche aufgegeben. Hatte von sich aus alles abgesagt. Auf alles verzichtet, sobald der Vater eine Reise ankündigte. Den Triumph ihrer Niederlage hatte sie der Mutter nicht gegönnt. Und sich selbst die Enttäuschung ersparen wollen.

»Du kannst mich doch jetzt nicht alleine lassen« war auch später der ständige Begleiter. Als Männer verschiedenen Alters erschienen, die sich für die Tochter interessierten. Und – vor allem – für die sich die Tochter interessierte.

Zu dieser Zeit war der Vater, der sie manches Mal gerettet hatte vor den Launen der Mutter, zu dieser Zeit war er bereits tot. Nur noch Gesprächspartner für die Mutter. Weggesperrt in dunkle, kühle Tiefe. Ein williger, wehrloser Partner, der mit allem einverstanden war. Nicht mehr widersprechen konnte wie zu seinen Lebzeiten.

An jedem Mann im Leben der Tochter hatte die Mutter

etwas auszusetzen gehabt. Zu jung. Zu alt. Zu schön. Zu nichtssagend. Nicht seriös genug. Humorlos und ohne Witz. Zu wenig Ehrgeiz. Karrieregeil. Ein Windhund. Ein Spießer. Ein Herzensbrecher. Ein Stoffel.

Der eine oder andere hatte der Tochter gefallen. Trotzdem. Auch wenn die Mutter kein gutes Haar an ihm ließ. Am Ende aber, wenn es drohte, ernst zu werden, lief es immer auf diesen einen Satz hinaus, der die Tür zur Welt krachend zuschlug.

Und nun wieder: »Du kannst mich doch jetzt nicht alleine lassen.«

Wilde Glut kochte tief innen auf. Breitete sich aus. Durchflutete den Körper. Stieg bis in den Kopf. Um ein böses Wort zu vermeiden, löste die Tochter die Hand der Mutter aus der ihren. Legte sie beherrscht behutsam auf die Decke und verließ ihren Posten am Sterbebett. Gefangen in einem Netz widerstreitender Gefühle ging sie zum Fenster. Schaute hinaus in die Welt. Mit dem Blick in das rotgelbbraun flammende Farbenspiel des Gartens zerfiel die heiße Glut in ihr allmählich zu Asche.

Blaubeermilchhimmel. Wie wunderschön da draußen alles war! Und sie hier in ihrem Käfig aus Verantwortung, Mitleid und Schwäche. Seit Tagen war sie die Gefangene, die nicht wagte sich zu rühren. Wie in Schreckstarre verharrte. Warten auf den Dieb, der seinen Besuch angekündigt hatte, aber ein unberechenbarer Gast war. Lässig schlenderte er herum. Zog immer engere Kreise. Aber den Zeitpunkt seines Besuchs ließ er in der Schwebe.

»Durst! Ich habe Durst!« Die heisere Stimme klang unerwartet kräftig.

»Ja, Mutti. Ich bringe dir gleich Tee.« Die Tochter machte keine Anstalten, das Zimmer zu verlassen. Blieb am Fenster stehen, rührte sich nicht, starrte in den vor ihr ausgebreiteten Herbst, schob eine Strähne ihres glatten, dunklen Haars zurück, die ihr ins Gesicht gefallen war.

»Ich habe Durst!« Fast gar nicht mehr heiser klang die Stimme.

»Ja, Mutti, ich geh ja schon.« Zögernd, wie in Zeitlupe, löste sich die Tochter von ihrem Aussichtsplatz und ging in die Küche. Füllte vorbereiteten Tee aus der Thermoskanne in die bereitstehende Schnabeltasse.

Als sie wieder am Bett stand, waren die Augen der Mutter geschlossen. Aber die Bettdecke hob und senkte sich noch. Der kleine Schreck der Tochter verflog gleich wieder.

»Hier, Mutti, dein Tee.«

Die Mutter bewegte sich, und wie ein Blitz schlug ihr Blick in die Augen der Tochter ein. So viel Blick ertrug die Tochter nicht. Sie wandte sich ab, wollte fliehen.

»Danke, mein Kind. Setz dich zu mir. Erzähl mir was.«

Widerwillig gehorsam ließ sich die Tochter auf der Bettkante nieder. Was, bitte, soll ich erzählen? Seit einer knappen Woche, um genau zu sein: seit fünf Tagen, habe ich die gemeinsame Wohnung nicht verlassen. Habe Urlaub genommen. Und die nötigen Lebensmittel vom Lieferservice des nahegelegenen Supermarkts schicken lassen. Was also gibt es zu erzählen?

»Eigentlich hätte ich gern eine eigene Wohnung gehabt.« Die Tochter wusste selbst nicht, wie ihr dieser Satz plötzlich in den Sinn gekommen war. Fast war es, als hätte eine andere ihn gesprochen.

Auch für die Mutter kamen die Worte überraschend, sie verstand nicht. Wollte auch gar nicht verstehen. Was fiel der Tochter ein, was sollte dieser Satz? Immer flogen ihr falsche Gedanken durch den Kopf, falsche Gedanken zur falschen Zeit. Sie, die Mutter, lag im Sterben, machte es nicht mehr lange, das wusste sie. Und das wusste auch die Tochter. Und da kam die mit so einem Satz.

»Na, demnächst wirst du ja deine eigene Wohnung haben!« Der Sarkasmus in dieser einfachen Feststellung der Mutter überrumpelte die Tochter, sie fand nicht sofort eine passende Entgegnung.

Deshalb nutzte die Mutter das Schweigen der Tochter: »Ich weiß nicht, worüber du dich beklagst. Du hast es doch gut gehabt hier bei mir. Brauchtest dich um nichts zu kümmern. Einen eigenen Haushalt führen, das hättest du doch gar nicht fertiggebracht. So chaotisch wie du bist.«

»Wie willst du das wissen, Mutti? Du hast es mich ja nicht mal probieren lassen.«

»Wie hättest du das denn alles vereinbaren wollen, Beruf und Haushalt und alles andere? Das wäre dir sehr schnell über den Kopf gewachsen, da bin ich sicher. Sei froh, dass du jemand hattest, der dir den Haushalt abgenommen hat.« Es war klar, wen die Mutter mit »jemand« meinte.

»Du kannst das überhaupt nicht beurteilen, Mutti. Ich hatte ja nie die Gelegenheit, es auszuprobieren. Mit Sicherheit hätte ich das geschafft, so wie Millionen Menschen das auch schaffen. Es muss sich ja nicht alles im Leben ums Putzen drehen, es muss ja nicht jeder Staubkrümel sofort beseitigt werden. Man muss nicht vom Fußboden essen, wenn es Tische gibt.«

So, die Tochter wurde also noch ironisch! Probte den Aufstand. Das war also der Dank dafür, dass sie jahrzehntelang die Wohnung in tadellosem Zustand gehalten, gesaugt und gebohnert, geputzt und gewienert, gewischt und gewaschen, genäht und gebügelt, gekocht und gebacken hatte. Zu nichts anderem mehr war sie gekommen. Aufgeopfert hatte sie sich, erst für Mann und Tochter, dann nur noch für die Tochter. Und die vergalt es ihr jetzt mit Ironie. Am Totenbett!

»Wenn ich mich nicht um alles gekümmert hätte«, aha, jetzt wurde diese Platte aufgelegt, »du und dein Vater, ihr wärt in Dreck und Chaos erstickt. Wer hat denn für Sauberkeit und Ordnung gesorgt, wer hat denn seine Hemden und deine Blusen gebügelt, eure Wäsche gewaschen, jeden Tag für euch gekocht, Geschirr gespült – ach, was hab ich nicht alles für euch getan. Und für mich auf alles verzichtet.«

Die Tochter war beeindruckt. Erstaunlich, welche Energie die Wut in der Mutter freisetzte. In den letzten Tagen hatte sie nur das Nötigste gesprochen, schwach und heiser die Stimme, apathisch in den Kissen versunken, die Augen meist geschlossen. Und nun diese Tiraden!

Ein prüfender Blick fiel auf die Mutter. War die Schwäche der letzten Tage, die Hinfälligkeit, nur Theater gewesen? Ging es ihr gar nicht so schlecht? Tat sie nur so, stellte sich krank und schwach wie so oft, wenn sie im Kampf gegen Mann und Tochter etwas erreichen wollte. Wenn Mann und Tochter ihr den Gehorsam verweigert, die getane Arbeit nicht genügend gewürdigt oder ihre Weltsicht nicht geteilt hatten. Dann hatte es Magenkrämpfe gegeben, Herzattacken, Nervenkrisen, Migräneanfälle, Fieberschübe – die natürlich die beiden Verbündeten zu verantworten hatten –, bis die Verstockten wieder auf Linie gebracht waren und die Einheit der Familie wieder hergestellt.

Die Mutter hatte also auf alles verzichtet. Auf was denn? Auch wenn es der Mutter schlecht ging, auch wenn es mit ihr zu Ende ging – das wollte die Tochter jetzt doch noch wissen:

»Auf was hast du denn verzichtet, Mutti? Du hast doch immer alles bekommen, was du haben wolltest. Papi hat dir doch jeden Wunsch erfüllt. Und immer hast du deinen Willen durchgesetzt.« Die Stimme der Tochter überschlug sich leicht vor Erregung. Ihre Hand nestelte an einem Knopf der Bluse.

»Wie kannst du so mit mir reden? Siehst du nicht, wie schwach ich bin? Ich werde bald sterben. Niemals nimmst du Rücksicht!« Auch die Stimme der Mutter hechelte jetzt vor Empörung.

Wieso niemals?!

»Und außerdem«, sprühte es weiter Protest aus den Kissen, bevor die Tochter dieses »Niemals« klären konnte, »ich hätte vielleicht auch gern was anderes gemacht. Du weißt, ich hatte früher, vor deiner Geburt, eine gute Stellung, mit viel Verantwortung. Ich hätte mir wieder Arbeit suchen können. Stattdessen habe ich Mann und Tochter von vorne bis hinten bedient. Und auf eine eigene Karriere, auf eigenes Geld verzichtet. Ich hätte vielleicht auch irgendwelche Kurse besuchen können, an der Uni oder an der Volkshochschule. Du kannst dir gar nicht vorstellen, wie langweilig es manchmal zu Hause war.«

»Das hättest du alles tun können, Mutti. Ich hab mich sowieso oft gefragt, warum du nicht wieder arbeiten gegangen bist, wenigstens halbtags, als ich in die Schule kam. Und abends zur Volkshochschule – das wäre doch überhaupt kein Problem gewesen.«

»Ach, Kind, du weißt ja gar nicht, wie müde ich oft war von der ganzen Hausarbeit. Du und dein Vater, ihr habt doch nur immer die frischen Sachen aus dem Schrank genommen und euch an den gedeckten Tisch gesetzt, ohne zu fragen, wie viel Arbeit das alles gemacht hat.«

Die Tochter hielt es nicht mehr aus am Bett. Sie sprang auf und ging erneut zum Fenster. Wieder flog eine dunkle Haarsträhne aus der Stirn. Die Tochter schaute hinaus in das farbensprühende Herbstspiel. Ein paar Wolken zogen träge über den Himmel, als befänden sie sich auf einem gemütlichen Spaziergang. Sehnsüchtig schaute die Tochter ihnen hinterher. Bewegung, Leben findet immer anderswo statt. Immer da, wo ich nicht bin.

»Und wenn ich nun geheiratet hätte? Dann hätte ich einen eigenen Haushalt führen müssen«, setzte die Tochter, immer noch aufgebracht, das Gespräch, das sie eigentlich beenden wollte, vom Fenster aus fort.

»Hast du aber nicht.«

»Weil du an jedem Mann, der sich für mich interessierte, was zu mäkeln hattest.«

»Deine Männer taugten doch alle nichts. Du hattest deinen Beruf, deine gute Stellung. Und mich. Was brauchtest du einen Mann?«

»Hättest du nicht gern Enkelkinder gehabt?«

»Ach, Kind, meine Liebe zu deinem Vater und zu dir war so groß, da wäre kaum was übrig geblieben für Enkelkinder.«

Mit einer heftigen Bewegung löste sich die Tochter vom Fenster. Was hatte sie da gesagt, die Mutter? Hatte sie »Liebe« gesagt? Hatte sie wirklich das Wort »Liebe« benutzt? Hielt sie die ständige wuselnde Fürsorge, die Bevormundung von Mann und Tochter, die verletzende, immer »wohlmeinende« Kritik an beiden für Liebe?

Nun stand sie wieder am Bett, wollte etwas auf diese Behauptung erwidern, aber die Mutter hatte inzwischen die Augen wieder geschlossen. Gespräch beendet.

Mit einer Mischung aus Ärger und Interesse betrachtete die Tochter das Gesicht der Mutter. Es war mit den Jahren klein geworden. Tief lagen die Augen in dunklen Höhlen, aber nur wenige Falten durchzogen die Pergamenthaut – lediglich zwei tiefe Furchen schnitten ein Trapez zwischen der spitzen Nase und den strichdünnen Lippen, ein paar weniger tiefe wellten sich auf der Stirn. Sie muss hübsch gewesen sein, dachte die Tochter, als junges Mädchen, junge Frau, ich kenne sie ja bewusst erst als Mittvierzigerin oder noch später, geboren hat sie mich, als sie vierundvierzig war. Als ich Kind war, hatten ihre Züge schon eine gewisse Schärfe, sie wirkte ständig angespannt, schien unter Strom zu stehen. Alles musste perfekt sein, das Urteil der Reihenhausnachbarn war unendlich wichtig. Und der Verwandten und Bekannten sowieso.

Plötzlich waren die Augen der Mutter wieder geöffnet. »Was schaust du mich so an?« Verhaltener Ärger schwang in der Frage.

Ohne sie zu beantworten, stellte die Tochter ihrerseits eine Frage: »Wolltest du gar nicht, dass ich glücklich bin, mit einem Mann, vielleicht auch mit Kindern?«

»Ich hatte nie den Eindruck, dass du unglücklich bist.«

»Nein, nicht direkt unglücklich, aber auch weit entfernt von glücklich. Hast du dir nie die Frage gestellt, es könnte mir etwas fehlen?«

»Etwas fehlen? Was sollte dir denn gefehlt haben? Wir haben doch ein schönes Leben gehabt. Ich hatte die gute Rente von Papi und du dein fürstliches Gehalt. Wir brauchten uns nicht einzuschränken, konnten uns viele Wünsche erfüllen, denk allein an den wunderbaren Schmuck, den du dir in all den Jahren zugelegt hast. Und Reisen haben wir gemacht, herrliche Reisen, wir beide zusammen haben viel von der Welt gesehen. Was sollte dir denn gefehlt haben?«

»Die Reisen hast *du* gemacht, Mutti. Mich hast du mitgenommen.«

»Was soll das denn heißen?«

»*Du* hast bestimmt, wohin die Reise geht. Immer. Ohne mich zu fragen, ob mir das von dir gewählte Ziel zusagt. Ob ich vielleicht ganz woandershin fahren wollte.«

»Ich habe gedacht, du wärst einverstanden, denn du hast nie widersprochen, wenn ich unseren Urlaub geplant habe.«

»Das wäre ja wohl auch zwecklos gewesen.«

»Wieso zwecklos?«

»Weil«, erklärte die Tochter jetzt mit Nachdruck, »ganz egal, um was es ging, immer alles nach deiner Nase ging. Dein ganzes Leben lang hast du bestimmt, was andere tun oder lassen sollten. Vaters und meine Wünsche haben dich nie interessiert. Nein, viel schlimmer, du hast gar nicht für möglich gehalten, dass wir eigene Wünsche haben könnten.«

Was sagt sie da?! Was fällt ihr ein? Was mutet sie mir zu? Mehr als fünfzig Jahre habe ich sie umsorgt, war von früh bis spät für sie da, alle meine Gedanken haben sich um sie gedreht, sie war mein Leben. Und nun muss ich mir diese Vorwürfe anhören, jetzt, am Ende meines Lebens! Das ist also der Dank für alles, was ich für sie getan habe!

Das lange Schweigen der Mutter irritierte die Tochter, weckte Erinnerungen. Diese Pausen kannte sie. Sie verhießen nichts Gutes. Gleich würde ...

»Schämst du dich nicht!« Obwohl sie es erwartet hatte, zuckte die Tochter zusammen, als die Stimme der Mutter sie scharf und erstaunlich laut überfiel. »Mich so zu behandeln! Was bist du für ein undankbares Geschöpf! Wenn ich das geahnt hätte ...«

Hier brach die Stimme plötzlich ab, weil die Mutter von einem der heftigen Hustenanfälle geschüttelt wurde, die sie in regelmäßigen Abständen packten. Wie jedes Mal drohte sie zu ersticken. Die Tochter half ihr, sich aufzurichten, und musste dann hilflos mit ansehen, wie dieses metallische Gebell den dürftigen Körper fast zerriss.

Als der Anfall endlich vorüber war, sank die Mutter ermattet in die Kissen zurück und fiel augenblicklich in einen tiefen Erschöpfungsschlaf.

ZWEITES KAPITEL

ass uns noch was trinken gehen!« Lachend hakt sich Inge bei der Freundin unter. »Noch keine Lust auf zu Hause. Bei dieser Affenhitze ist es schrecklich in meinem Zimmer unterm Dach.«

Der Sommer 1942 in Berlin ist wirklich sehr heiß, wolkenlos trocken schon seit Juni. In der Mittagssonne beginnt der Asphalt, in den glühenden Straßen schwarzglänzende Blasen zu schlagen. Der Verkehr hat ein paar Gänge heruntergeschaltet, wälzt sich stöhnend durch die Stadt. Die Hitze droht das Gehirn zum Schmelzen zu bringen, der Verstand macht Pause, verabschiedet sich vorübergehend, zieht sich lahm und matt in die hintersten Winkel der Hirnwindungen zurück.

Jetzt, kurz nach 6 am Abend, glüht die Hitze nicht mehr ganz so heftig. Ein leichter Wind könnte Kühlung in die Stadt bringen. Aber die Wärme, die von den Mauern strahlt, hüllt die Stadt immer noch ein.

Dass Krieg ist, seit fast drei Jahren schon, merkt man kaum. Die großen Bombardierungen stehen noch bevor; die bereits gefallenen Bomben haben noch keine allzu großen Schäden angerichtet. An die Lebensmittelkarten hat man sich gewöhnt. Zu schmerzlichen Engpässen ist es bisher nicht gekommen.

Die Stenotypistin Inge, die sich gern als Sekretärin bezeichnet, ist nicht mehr ganz so jung, wie man aufgrund ihrer jugendlichen Unbekümmertheit, ihres hellen Lachens und ihres mutwilligen Temperaments vermuten könnte. Die Mitte Zwanzig hat sie überschritten, geht langsam auf die Dreißig zu. Aschblonde Löckchen wippen über der Stirn, im Nacken endet das halblange Haar in einer großen Rolle, die jeden ihrer munteren Schritte wippend mitmacht. Als schön kann man sie eigentlich nicht bezeichnen, aber als durchaus ansehnlich. Ein hübscher Anblick, wie ihr buntbedruckter, weiter Rock die langen Beine umflattert – wenigstens die Beine sind lang, sagt sie oft leicht kokett, denn insgesamt ist sie eher klein.

Ihre Freundin Waltraud das ganze Gegenteil. Das schwarze schimmernde Haar trägt sie in einem schlichten Pagenkopf. Große dunkle Augen und das zarte Oval ihres Gesichts machen sie zu einer schönen Frau. Über Inges impulsive Ausbrüche und plötzlich auftauchende und ebenso plötzlich wieder fallengelassene Ideen lächelt sie nur, sie kennt ja die Kollegin und mag sie so, wie sie ist. Kennengelernt haben sie sich in dem kriegswichtigen Betrieb, der sie vor dem Einsatz in der Rüstungsindustrie bewahrt hat. Von Anfang an waren sie sich sympathisch, haben sich jeweils als willkommene, bereichernde Ergänzung zu sich selbst betrachtet und sich angefreundet.

Jetzt wendet sich Waltraud mit ihrem Lächeln, das jeden, dem es gilt, bezaubert, der Freundin zu. »Gute Idee, Inge. Auch bei mir ist es unerträglich heiß.«

Offenbar hatten auch ein paar andere Leute keine Lust, nach Hause zu gehen. »Dass die Kneipe so proppevoll ist –... ach, egal, wir finden schon noch ein Plätzchen.« Energisch drängelt sich Inge hinter der Menge am Tresen durch. Die Freundin im Schlepptau. Hinten, wo die Holztäfelung den Raum in mattes Dämmerlicht taucht, ist es zwar nicht kühl, aber wenigstens erträglich. Dort finden sie noch zwei Plätze an einem Achtertisch. Allerdings nicht nebeneinander, der roh gezimmerte Holztisch trennt sie. Also kein heimliches Läster-Tuscheln über die anderen Gäste möglich!

Heftig winkend will Inge die Kellnerin auf sich aufmerksam machen. Aber die hat alle Hände voll zu tun mit den vielen Gästen. Schaut immer haarscharf vorbei an Inges wedelnder Hand. »Blöde Kuh!«, entfährt es Inge, etwas lauter als nötig, denn die anderen Gäste am Tisch wenden sich ihr teils erstaunt, teils sichtlich empört zu.

»Bleib ruhig, Inge«, sagt Waltraud, gerade so laut, dass Inge es noch hören kann. »Sie wird schon noch kommen.«

»Ich hab Durst!«, verteidigt sich Inge. »Sie kann doch wenigstens die Bestellung schon mal aufnehmen.«

»Du siehst doch, wie beschäftigt sie ist. Bei den vielen Gästen hier.« Waltraud spricht jetzt in normaler Lautstärke.

»Ja, schon. Aber –...« Waltrauds Blick lässt Inge verstummen.

Neben ihr sitzt eine dauergewellte Superblondine mittleren Alters, die die Szene zwischen den Freundinnen aufmerksam, geradezu begierig verfolgt. Hofft sie auf Streit? Ihr gegenüber, neben Waltraud, kommentiert eine junge Frau mit Sonnenhütchen Inges Benehmen mit Kopfschütteln.

Aber schließlich können auch Inge und Waltraud den ersten erlösenden Schluck aus dem Bierkrug nehmen.

Am anderen Ende des Tisches trinkt ein Soldat in Uniform in aller Ruhe sein Bier. Vermutlich ist er bereits in den Dreißigern. Belustigt schaut er zu den jungen Frauen hinüber, seit sie am Tisch Platz genommen haben. Eine gefällt ihm besonders gut. Obwohl sie ein wenig forsch zu sein scheint. Aber das stört ihn nicht. Er mag selbstbewusste Frauen, auch wenn das nicht dem gewünschten Frauenbild der Gesellschaft, besser: der Führung entspricht. Die reizlose deutsche Frau und Mutter, der das Geschlecht scheinbar abhanden gekommen ist, das ist nicht seine Sache. Er liebt es eigenwillig und temperamentvoll. Mit dieser jungen Frau, bei der er einiges Feuer vermutet, ließen sich vielleicht die wenigen Tage Fronturlaub versüßen.

Als die junge Frau mit Sonnenhütchen und ihr Begleiter sich erheben, um das Lokal zu verlassen, wechselt der Soldat den Platz, rückt zu Waltraud auf. Setzt Bierglas und das feldgraue Schiffchen vor sich ab.

Jetzt nimmt auch Inge, die ihm schräg gegenüber sitzt, Notiz von ihm. Mit einem Lidaufschlag, der noch kein Zwinkern ist, und einem ganz speziellen Blick, den Waltraud als Signal bereits kennt, macht sie die Freundin auf den neuen Sitznachbar aufmerksam.

Der hält sich nicht lange mit Warten auf. Fünf Tage Fronturlaub sind im Nu vergangen.

»Ist es erlaubt, den Damen einen Likör zu spendieren?«

Inge und Waltraud tauschen Blicke, nicken sich zu.

»Danke, ja, es ist erlaubt«, übernimmt Inge die Gesprächsführung. »Aber für mich bitte keinen Likör, lieber noch 'ne kleine Molle.«

»Das passt!«, denkt der Soldat. »Sie ist genau, wie ich sie mir vorgestellt habe.«

»Und für das andere Fräulein?«, wendet er sich an Waltraud.

»Ich nehme gerne einen Likör. Wenn sie so was hier haben.«

»Mit Sicherheit. Was für ein Likör soll es denn sein?«

»Am liebsten Kirsch.«

»Na, dann werden wir mal der Kellnerin was zu tun geben.« Auf sein Winken reagiert die Gewünschte sofort.

Nachdem der Soldat die Bestellung aufgegeben hat, besinnt er sich auf die gehörige Form: »Verzeihung! Ich habe mich den Damen noch gar nicht vorgestellt. Unteroffizier Kurt Hansen auf Fronturlaub.« – »Leider nur für fünf Tage«, fügt er bedauernd hinzu.

Inge hält sich nicht mit Formalitäten wie »Angenehm!«
oder »Sehr erfreut!« auf. »Ich heiße Inge Bergmann und« –
mit ihrem Zeigefinger auf die Freundin – »das ist meine
Freundin Waltraud Weber.«

Unteroffizier Hansen hält durchaus etwas von Formen,
erhebt sich leicht von seinem Sitz, um eine Verbeugung an-
zudeuten: »Ich freue mich sehr, Sie beide kennenzulernen.«
Er will aber noch mehr wissen: »Und womit beschäftigen sich
die Damen, wenn sie nicht hier sitzen?«

»Wir sind Sekretärinnen«, erklärt Inge schnell, bevor Waltraud etwas sagen kann. »Bei der Müller AG.«

Der Unteroffizier zeigt sich beeindruckt. Nickt anerkennend:
»Dann arbeiten Sie in einem kriegswichtigen Betrieb. Die
Müller AG ist bekannt. Rüstungsbetrieb, nicht?«

»Nee!«, verbessert ihn Inge umgehend. »Zulieferbetrieb.«

»Ach so. Na, dann habe ich mich geirrt«, räumt der Unteroffizier ein und lächelt. Ja, diese junge Frau gefällt ihm wirklich. Inge. Die andere, die Freundin, scheint sehr ruhig zu
sein. Zugegeben – sie ist auffallend hübsch, fast schön zu nennen, da kann die Inge nicht mithalten, aber er fürchtet, na
ja, sie könnte vielleicht ein wenig langweilig sein. Mag sein,
dass sie nur schüchtern ist, aber er hat keine Lust, das in fünf
Tagen Urlaub herauszufinden.

Die Kellnerin, die die Bestellung ungeahnt flink an den
Tisch bringt, hat auch ihre Reize, stellt er fest. Aber zu spät.
Er hat sich für seine fünf Tage schon festgelegt, ist geradezu
fixiert auf diese impulsive junge Frau, mit der er sich eine
Menge Spaß verspricht.

Während die Freundinnen und der Unteroffizier munter
plaudernd, scherzend und lachend Bier und Likör genießen,
läuft zur gleichen Zeit in Kurt Hansens Kopf noch ein weiteres Programm ab. Unbedingt will er Inge wiedersehen. Aber
nur Inge! Am liebsten würde er sie gleich mitnehmen, an

der Wirtin vorbei reinschmuggeln in sein »Kabuff«, wie er das kleine Zimmer nennt, in dem er im Moment zur Untermiete wohnt. Seine Eltern leben in Stettin, aber er hatte vor dem Krieg eine Stelle als Sachbearbeiter in Berlin angeboten bekommen, und da er schon immer von einem Leben in der pulsierenden Reichshauptstadt geträumt hatte, hat er diese Chance mit Freuden ergriffen und sich sofort eine bezahlbare Bleibe gesucht. Der Krieg hat ihn dann aus seiner interessanten Arbeit und seinem bunten, unbeschwerten Leben herausgerissen. Das Zimmer aber, sein »Kabuff«, bewohnt er noch immer. Seine Wirtin, eine rundliche, energische Person, verwitwet und eine echte Berlinerin, neigt dazu, ihn zu betütern, achtet aber streng auf Ordnung und Moral. Damenbesuch ist absolut tabu. Erst recht am Abend nach zehn. Wenn sie also mitbekäme, dass eine Frau bei ihm im Zimmer ist, wäre die Hölle los. Vielleicht sollte er lieber in ein Hotel gehen. Aber auch das hat seine Tücken. Ohne Trauschein kommen nur bestimmte Etablissements in Frage. Und ob die junge Dame in ein solches zu gehen bereit ist, kann er bis jetzt noch nicht einschätzen. Bei allem Temperament, bei aller Zwanglosigkeit – der Gang in eine Absteige, das ist noch mal ein anderes Feld.

Jetzt aber hat er erst einmal das Problem, wie er es anstellen soll, nur Inge wiederzusehen. Eine grobe Unhöflichkeit, nur sie zu bitten. Nein, fragen muss er sie beide. Aber wie bekommt er die andere, Waltraud, dann raus aus der Geschichte. Er muss sich etwas einfallen lassen.

Aber wie schon oft in seinem Leben ist Kurt Hansen auch in diesem Fall ein rechter Glückspilz. Als er die Damen am Ende dieses ausgesprochen angenehmen Abends um ein Wiedersehen bittet, immer noch ohne Plan, wie es zu einem Treffen ohne Waltraud kommen könnte, schüttelt diese sofort den Kopf: »Nein, ohne mich. Ich habe morgen schon etwas vor. Aber vielleicht hat Inge ja Lust.«

Die schaut die Freundin erstaunt an, scheint deren Erklärung nicht recht zu glauben. Was, bitte, will Waltraud denn vorhaben? Hat sie doch gar nichts von gesagt. Aber egal, Inge hat Lust, diesen netten Soldaten noch einmal zu treffen. Es könnte wieder ein lustiger Abend werden.

»Ja«, sagt sie und schaut dem Unteroffizier gerade in die Augen. »Ich hätte schon Lust.« Und fügt mit Blick auf Waltraud und leicht süffisantem Lächeln hinzu: »Und ich hab auch nichts vor.«

Kurt strahlt. »Phantastisch!«, lässt er, etwas übertrieben, seiner Begeisterung freien Lauf. Was so »phantastisch« ist, weiß nur er!

»Dann kann ich Sie, Fräulein Bergmann, vielleicht nach Feierabend abholen? Ich weiß, wo Sie arbeiten, ich kenne die Zentrale der Müller AG. Sie arbeiten doch in der Zentrale?«

»Klar!« Inge ist fast empört. Wo denn sonst? Als Sekretärin arbeitet sie natürlich in der Verwaltung. Und die befindet sich in der Zentrale. Aber abholen? Das ist ihr peinlich. Dann wird gleich wieder in der ganzen Abteilung getratscht. Kiek mal, die Inge. Mit'n Soldaten.

»Nee! Abholen ist nicht so gut. Aber gegenüber gibt es ein kleines Café. Da können wir uns treffen.«

»Gute Idee. Ja. Wann können Sie dort sein?«

»Um sechs ist Schluss. Ich hab's ja nur über die Straße rüber. Also kurz nach sechs kann ich da sein.«

DRITTES KAPITEL

*L*iebe ich die Mutter? Hasse ich sie? Keins von beiden. Aber was verbindet mich dann mit ihr?

Ratlos schaute die Tochter auf das kleine, nur wenig zerknitterte Gesicht in den Kissen. Eine Fremde. Ja, das war es – fremd war ihr die Mutter. Seit langem. Wann hatte das angefangen?

Als Kind, erinnerte sie sich, hatte sie die Mutter geliebt, wie eine Klette unzertrennlich an ihr gehangen mit heißem, wilden Gefühl, das die Mutter sehr genossen hatte. Nichts konnte sie in ihrer Besessenheit und Bewunderung für diese Frau, die ihr ganz allein zu gehören schien, beirren. Denn ein Vater, den sie nicht kannte, von dem die Mutter aber behauptete, er würde die Tochter kennen und lieben, war lange Zeit nicht vorhanden gewesen. Musste im fernen Russland Schwerstarbeit leisten. Sein Foto im schlichten Silberrahmen stand auf dem Nachttisch, und jeden Abend musste vor dem Schlafengehen ein Gute-Nacht-Küsschen auf das kalte Glas gepresst werden. Darauf hatte die Mutter bestanden. Die Tochter war der Anweisung widerstands- und klaglos gefolgt. Schließlich konnte der Mann ihr nicht gefährlich werden, sich nicht unverschämt zwischen sie und die Mutter drängen und ihre Verklammerung lösen, solange er im schlichten Silberrahmen blieb.

Selbst als eine Mitschülerin kurz nach der Einschulung

der Tochter zurief: »Deine Oma ist hier und will dich abholen!«, hatte sich nichts an ihrer bedingungslosen Liebe geändert.

Damals hatte sie sich nicht fremd gefühlt in der kleinen Familie, in der es außer ihr und der Mutter nur noch zwei Großmütter gab, die aber an anderen Orten lebten. Alles war in Ordnung, sie und die Mutter eine untrennbare Einheit, zusammengewachsen wie siamesische Zwillinge. Aber dann – wann war das? direkt nach der Rückkehr des Vaters aus Russland? oder später? – dann hatte irgendwann aus dunklen Tiefen steigend diese Welle der Fremdheit sie unvermutet überrascht, überwältigt, in düstere Ängste gestürzt. Nicht dauerhaft, aber von Zeit zu Zeit immer wieder. Sie hatte versäumt, nein, nicht gewagt, ihre Freundinnen zu fragen, ob sie Ähnliches erlebten, sich auch von Zeit zu Zeit fremd fühlten in ihren Familien. Vielleicht war das ja etwas völlig Normales und nicht der Rede wert.

Fast geräuschlos, um die schlafende Fremde in den Kissen nicht zu wecken, erhob sich die Tochter von ihrem Wächterstuhl, auf dem sie nach dem Hustenanfall der Mutter wieder Platz genommen hatte, und schlich auf Katzenpfoten in die Küche. Ein Kaffee wäre jetzt gut gegen die Müdigkeit, die sie immer wieder in diesen reglosen Tagen überkam.

Allerdings, meldete es sich plötzlich aus ihren Erinnerungen, während sie die Kanne mit dem bereits vorbereiteten Kaffee von der Maschine nahm und das Gerät ausschaltete, allerdings hatte es schon viel früher einmal einen kleinen, bald wieder vergessenen Riss in der nahtlosen Beziehung zur Mutter gegeben.

Sie war noch kein Schulkind gewesen, tobte mit einer Freundin viel in den verwilderten Gärten herum. Die

Hinterlassenschaften des Krieges waren wegen Einsturzgefahr streng verboten, und meistens hielten sie sich an dieses Verbot.

Eines Tages, erhitzt von der glühenden Sommersonne und vom Spiel, waren die Mädchen ins Haus gestürmt, weil beide ganz dringend Pipi machen mussten. Wie so oft gingen sie zu zweit auf die Toilette. Diesmal war ihnen plötzlich die Idee gekommen, sich gegenseitig ihre Kehrseite zu zeigen, denn den eigenen Po zu betrachten, war mit Schwierigkeiten verbunden. Gesagt, getan. Mit viel Gekicher bewunderten sie die hübschen kindlichen Rundungen des jeweils anderen Popos.

Als die Tochter während der allabendlichen Katzenwäsche, auf einem Stuhl vor der eifrig tätigen Mutter aufgebaut, dieser in aller Unschuld von dem aufregenden Erlebnis berichtet hatte, fand die das alles andere als lustig. Sie schrie, kreischte, fast überschlug sich die Stimme: »Was habt ihr da gemacht?! Tu das nie wieder! Nie wieder! Hörst du! Wenn du sowas nochmal machst, muss ich dich in ein Heim geben.«

Die Tochter hatte nicht gewusst, was das war, ein »Heim«. Aber sie hatte verstanden, dass das bedeutete: »weg« – weg von der Mutter, weg von der Freundin, weg von den Spielen in den Gärten. Aber vor allem: weg von der Mutter.

Wie konnte das sein? Was hatte sie denn so Schlimmes angestellt, dass die Mutter sie nicht mehr haben wollte? Die Mutter hatte doch immer versichert: »Du bist mein Ein und Alles! Was sollte ich nur ohne dich machen?«

Wie verzweifelt war sie damals gewesen, wie heftig hatte sie geweint! Ihr Schluchzen hatte den kleinen Körper bis in die Fußspitzen geschüttelt, die Brust eingeschnürt, bis Atmen nur noch stotternd möglich war, und hatte auch nicht aufgehört, als die Mutter – längst wieder versöhnlich gestimmt – sie tröstend in die Arme genommen hatte und sagte: »Ist ja gut, mein Schatz. Ich weiß, du wirst das nie wieder machen. Und jetzt beruhige dich. Alles ist wieder gut.« Dann hatte sie das immer noch verzweifelt aufgewühlte Kind ins Bett gebracht. Das konnte lange nicht einschlafen – nicht nur, weil das Licht in den hellen Sommernächten keine Ruhe gab.

Nachdem die Tochter die leere Kaffeetasse ausgespült und auf das Abtropfblech gestellt hatte, ging sie wieder hinein ins Schlafzimmer der Mutter, um zu sehen, ob sie noch schlief. Ja, die Augen waren geschlossen. Das war gut. Dann hatte sie, die Tochter, noch ein wenig Zeit für sich, konnte in Ruhe nachdenken, den Faden spinnen, ohne mit neuen Wünschen konfrontiert und vielleicht mit mauliger Kritik belohnt zu werden.

Sie nahm wieder ihren Stehplatz am Fenster ein. Verfolgte den Weg der fliegenden bunten Blätter, die unter den gleichgültigen Schritten der Vorbeihastenden jede Schönheit verloren und als brauner Teppich auf der Straße zurückblieben.

War die Liebe, die sie der Mutter angetragen, ja aufgedrängt hatte, in Wahrheit die Rückseite der Angst? Angstliebe? Liebe als Barriere gegen die Angst. Die Angst, verstoßen zu werden. Allein zu sein. Verlassen, hilflos. In fremder Umgebung – was immer das sein mochte, ein »Heim«, in jedem Fall war es fremd –, unter fremden Menschen.

VIERTES KAPITEL

*E*in bisschen mulmig ist ihr am nächsten Tag schon. In der Mittagspause sitzt Inge wie üblich in der Kantine mit Waltraud zusammen. Lustlos zieht Inge mit der Gabel Linien in das Kartoffelpüree auf dem Teller vor ihr. »War auch schon mal besser, das Essen.«

»Wir haben Krieg, Inge«, ist Waltrauds knappe Antwort. Und nach einer kurzen Pause fügt sie hinzu: »Wir können froh sein, dass es überhaupt noch etwas zu essen gibt. Das kann sich bald ändern.«

Danach herrscht Schweigen am Tisch. Erst als sie beide fast fertig sind mit dem Essen, stellt Inge die Frage, die sie eigentlich schon stellen wollte, als sie sich zum Essen trafen.

»Hast du heute wirklich schon was vor?«

»Nein«, sagt Waltraud kurz.

»Warum willst du dann nicht mitkommen zu dem Treffen?«

Waltraud holt tief Luft, dann erklärt sie: »Ach Inge, der Kerl mag ja ganz nett sein, aber er ist doch ein Fremder. Mir ist das zu riskant. Er muss doch sowieso wieder raus. An die Front. Was, wenn man sich verliebt? Fünf Tage, und dann ist er weg. Wer weiß, ob man ihn jemals wiedersieht.«

Erschrocken sieht Inge die Freundin an. »So hab ich das noch gar nicht gesehen.« Und dann, nach einer nachdenklichen Pause: »Ja, du hast Recht. Natürlich kann ein Soldat im Krieg fallen. Aber wieso muss ich mich gleich in ihn verlieben? Ich will einfach nur einen schönen Abend haben. Ein bisschen Spaß.«

»Nein, du musst dich nicht verlieben. Aber es kann doch passieren. Ich vermute, dass er diese fünf – das heißt: nein, jetzt sind es ja nur noch vier – Tage mit uns bzw. dir verbringen will. Da kommt man sich näher, lernt sich kennen. Und vielleicht auch lieben. Wir beide sind zur Zeit ungebunden. Und er offenbar auch. Was liegt also näher – in diesen Zeiten – , als dass man sich ineinander verguckt?«

»Ja, möglich wär's. Aber – aber ich nehme das in Kauf. Ich bin doch noch keine alte Frau. Ich möchte mich amüsieren. Wenigstens ab und zu. Du nicht?«

Waltraud schüttelt den Kopf. »Vielleicht bin ich feige, aber mir ist das zu riskant. Als Rudolf in der Versenkung verschwunden war, ist es mir wochenlang schlecht gegangen. Erinnerst du dich? Ich möchte das nicht noch einmal erleben.«

»Ja, ich weiß. Es ist ja bis heute nicht klar, wo er abgeblieben ist. Das war schlimm für dich. Aber kannst du mich nicht ein bisschen verstehen?«

»Doch, Inge, das kann ich. Aber ich möchte da eben nicht mitmachen. Ich wünsche dir einen wunderbaren Abend. Aber lass mich aus dem Spiel.«

FÜNFTES KAPITEL

ie Mutter gab nur vor zu schlafen, hielt die Augen geschlossen, war aber unter den Augen, hinter der Stirn hellwach.

Diese Tochter war ihr einziges Kind. Sie war so glücklich gewesen, als es endlich kam. Lange hatten sie und ihr Mann auf ein Kind gewartet. Mit welcher Liebe, welcher Fürsorge, welcher Sorge hatte sie dieses Kind umhegt und gepflegt. Nichts anderes hatte es mehr in ihrem Leben gegeben als nur dieses kleine Wesen, seine Gesundheit, seine Entwicklung, sein Wohlbefinden, seine Liebe als Spiegel ihrer Liebe. Wegen dieser Liebe war kein Platz mehr für Gefühle für ihren Mann geblieben. Nie mehr hatte er sie im Bett berühren dürfen. Seine Leidenschaft hätte die Liebe zu ihrem Kind beschmutzt. Das durfte nicht geschehen.

Die Tochter hatte es ihr gedankt. Mit Gehorsam. Mit abgöttischer Liebe. Als sie klein war. Als sie größer wurde, blieb der Gehorsam, aber die Mutter hatte den Verdacht, dass die Liebe der Tochter nicht mehr dieselbe war – bedingungslos, ohne etwas zu hinterfragen. Warum nur? Die Zeit der absoluten Nähe, in der sich ein unsichtbares Band um sie beide geschlungen hatte, war doch so schön gewesen. Sie, die Mutter, hatte das genossen. Und die Tochter doch auch. Warum sollte sich das ändern? Sie hatten sich doch so nett eingerichtet in dieser kuscheligen Höhle.

Jetzt fragte sich die Mutter – seit einiger Zeit schon –, was überhaupt noch übrig war von den Gefühlen der Tochter für sie. Liebe? Wohl eher nicht. Zuneigung? Vielleicht. Sie hoffte es. Gleichgültigkeit? Nein, bitte nur das nicht. Abneigung? Wieso eigentlich? Und Hass? Das allerdings wäre schlimm. Aber warum sollte die Tochter die Mutter hassen? Sie lebten doch nun schon so lange friedlich zusammen.

Das Gespräch, das Mutter und Tochter gerade geführt hatten, bestärkte die Mutter in ihren Zweifeln. Das waren doch Vorwürfe! In der letzten Zeit ließ es die Tochter an liebevoller Zuwendung fehlen. Reagierte oft gereizt oder genervt. Was hatte sie nur? Lief auf der Arbeit etwas schief? Oder waren es die Wechseljahre, in denen sie sich wahrscheinlich befand? Solche Themen wurden so gut wie nie zwischen ihnen besprochen. Die Tochter hatte nichts erwähnt, und die Mutter hatte nicht gefragt. Auch ob die Tochter jemals mit einem Mann geschlafen hatte, wusste die Mutter nicht. Wollte sie auch gar nicht. Oder doch? Wüsste sie es jetzt, da ihr nicht mehr viel Zeit blieb, doch gerne?

Es hatte da doch mal eine intensivere Affäre gegeben. Sie, die Mutter, fand den Mann grässlich, aber die Tochter ließ sich lange nicht von ihm abbringen. Gut sah er ja aus, hatte aber keine Eier in der Hose, ließ sich von der Tochter herumkommandieren. Sie waren oft unterwegs gewesen, die beiden. Da würden sie wohl auch mal in seiner Wohnung gelandet sein. Alles Weitere konnte man sich dann ja denken. Als der Mann bei ihnen zu Besuch war, was nur ein einziges Mal der Fall gewesen war, saßen die beiden zusammen mit ihr, der Mutter, im Wohnzimmer und zeigten keinerlei Verliebtheit. Klar, ganz jung waren sie auch nicht mehr, die Tochter hoch in den Dreißigern, der Mann schätzungsweise Anfang-Mitte vierzig. Aber etwas musste es ja zwischen ihnen gegeben haben, sonst hätte die Beziehung nicht so lange gehalten. Fast ein Jahr! Sie hatte schon befürchtet, die Tochter könnte zu dem Mann ziehen und sie, die Mutter, alleine lassen. Deshalb war sie nicht müde geworden, den Mann schlecht zu reden, lächerlich zu machen, und schließlich, als die Verbindung immer noch hielt, ihn mit mehr oder weniger vagen Andeutungen zu verdächtigen. Das endlich hatte gewirkt.

Hatte die Tochter vorhin vor allem diesen Mann gemeint, als sie der Mutter vorwarf, sie habe an jedem Mann etwas zu mäkeln gehabt?

Ja, sie hat gegen jeden Mann im Leben der Tochter gekämpft. Ja, sie wollte nicht allein bleiben. Sie musste sich eingestehen, dass sie nicht allein sein *konnte*. Schon als Kind hatte sie Alleinsein nicht ertragen. Panische Angst hatte sie überfallen, wenn ihre Eltern sich anschickten, am Abend gemeinsam auszugehen – damals war es durchaus üblich gewesen, dass man Kinder am Abend auch mal alleine ließ. Dann hatte sie jedes Mal ein derart wüstes Geheul angestimmt, dass entweder beide Eltern resigniert zu Hause geblieben waren oder sich ein Elternteil allein zum angestrebten Ziel aufgemacht hatte.

Vorsichtig öffnete die Mutter die Augen. Nur schmale Schlitze. Sie wollte nicht, dass die Tochter entdeckte, dass sie wach war. Wollte kein weiteres Gespräch. Nicht jetzt.

Nein, keine Gefahr! Die Augen konnten ganz geöffnet werden. Sie sah die Tochter am Fenster stehen. Mit dem Rücken zu ihr. Fünfundfünfzig war sie jetzt. Immer noch recht attraktiv. Die Figur ganz passabel. Groß und aufrecht. Was würde sie ohne die Mutter machen? Sie war klug und auf vielen Gebieten sehr versiert. Aber wie würde die Wohnung ohne die Mutter aussehen, wie die Kleidung? Würde sie für sich kochen? Wohl kaum. Wohl nur eintöniger, labbriger Kantinenfraß.

Ach, es würde das reinste Chaos werden! Die Mutter sah die Küche vor sich: zugemüllt mit Essensresten und benutztem Geschirr; das Bad mit vollgehaarter Dusche und zahnpastageflecktem Waschbecken; das Wohnzimmer staubbedeckt mit überall herumlungernden Büchern, Zeitschriften, Post, Papieren und leeren Chips- und Bonbontüten.

Mit einem Seufzer schloss die Mutter wieder die Augen.

SECHSTES KAPITEL

*K*urz nach sechs betritt Inge das kleine Café direkt gegenüber der Müller AG. Wie es sich gehört, wartet Unteroffizier Kurt Hansen dort bereits. *Seine Uniform hat er zu Hause gelassen, ein schneeweißes Hemd, das er am Vormittag aus der Wäscherei geholt hat, eine hellbraune Hose und ein leichtes Sommerjackett in fast demselben, aber etwas dunkleren Farbton bringen seine gute Figur ebenso zur Geltung wie die Uniform am Abend zuvor. Das stellt Inge nach nur einem flüchtigen Blick fest. Fast hätte sie ihn nicht erkannt, denn sie hatte nach einem Soldaten in Uniform Ausschau gehalten.*

Als er Inge auf sich zukommen sah, ist er aufgesprungen. Nun reicht er ihr die Hand und verbeugt sich ein wenig steif. »Guten Abend, Fräulein Bergmann, ich freue mich, dass Sie meiner Einladung Folge leisten.«

Inge schaut ihn prüfend an, dann platzt sie heraus: »Ja, Guten Abend. Gestern waren Sie nicht so förmlich.«

Kurt Hansen will ihr den Stuhl zurechtrücken, aber Inge sitzt schon. Nun, dann eben nicht. Er setzt sich auch wieder. Ihr gegenüber. Und betrachtet sie aufmerksam. Mit einem kaum wahrnehmbaren Lächeln um den für einen Mann ungewöhnlich schön geformten Mund. Hübsches Kleid, das sie da anhat. Das leuchtende Blau steht ihr gut, bringt das Blau ihrer Augen zur Geltung. Legt ein Strahlen auf ihr Gesicht. Macht sie fast schön.

Das alles geht Kurt Hansen durch den Kopf, während er sich, ohne auf Inges Bemerkung einzugehen, suchend umblickt – wo ist, bitte, die Bedienung abgeblieben? Als er sie entdeckt hat, winkt er energisch und wendet sich dann wieder seinem Gegenüber zu: »Sie sehen wunderhübsch aus, Fräulein Bergmann. Dieses Blau, das Blau – ist hinreißend.«

»Welches Blau?«, fragt Inge, ein wenig schroff. Was ist das denn für ein komischer Kauz? Dieses Blau, das Blau –... Was soll das?

»Das Blau Ihres Kleides. Das macht – das spiegelt sich, ach, ich weiß nicht, wie ich es ausdrücken soll – Ihre Augen strahlen genauso blau wie Ihr Kleid.«

»Das ist aber mal ein hübsches Kompliment.« Inge lehnt sich auf dem zierlichen Caféhaus-Stuhl zurück. Der Ton ist jetzt gar nicht mehr schroff. Ein wenig rot geworden ist sie sogar. Aber sie senkt nicht den Kopf, um das zu verbergen, sondern schaut ihm weiter gerade ins Gesicht.

»Was haben Sie denn den lieben langen Tag gemacht? Wo Sie doch nicht arbeiten mussten. Weder an der Front noch sonst wo. Was machen Sie überhaupt, wenn Sie nicht Soldat sind?«

»Um Ihre erste Frage zu beantworten: Erst habe ich ziemlich lange geschlafen, dann in der Küche meiner Zimmerwirtin gefrühstückt – die arbeitet nämlich in einer Munitionsfabrik und muss jeden Tag früh raus – und schließlich bin ich durch die Stadt gewandert. Wollte feststellen, ob und was sich verändert hat.«

»Und? Hat sich was verändert?«

»Nicht allzu viel. Das Angebot ist ein bisschen schmaler geworden. Aber die Menschen sind wie immer unbekümmert unterwegs. Man merkt ihnen nicht an, dass sie seit drei Jahren im Krieg leben. Sie sind davon überzeugt, dass Deutschland siegen wird.«

»Sie nicht?«

Auf diese Frage antwortet Kurt Hansen nicht. Er beantwortet vielmehr Inges zweite, zuvor gestellte Frage: »Und zu Ihrer zweiten Frage: Im Zivilleben arbeite ich als Sachbearbeiter bei Telefunken. – Wo und in welcher Funktion Sie arbeiten, haben Sie mir gestern verraten. Also sind wir jetzt übereinander voll im Bilde!« Er lacht, und in seinen Augen entdeckt Inge ein verschmitztes Funkeln, das auch sie zum Lachen bringt.

Sie fühlt sich wohl in seiner Gesellschaft. Seine freundliche, ruhige Art gefällt ihr. Das erkennt sie sehr schnell und muss sofort an Waltraud denken. An ihre Warnung. Aber – das ist ja albern! Wenn ich ihn nett finde und seine Gesellschaft als angenehm empfinde, heißt das doch noch lange nicht –...

Nachdem sie ihren Kaffee getrunken haben – Inge hat gemeint, der schmecke auch nicht mehr wie zu Friedenszeiten –, schlägt Kurt Hansen vor, noch ein wenig spazieren zu gehen. Es sei zu dieser Zeit nicht mehr ganz so heiß, und der Landwehrkanal biete sich an, da dort ständig ein leichter Wind wehe.

Lebhaft plaudernd schlendern sie an der Wasserstraße entlang, erzählen sich Geschichten aus ihrem Alltag, aus ihrer Kindheit und Jugend, von ihren Familien und Freunden. Sie haben das Bedürfnis – überstürzt und überhastet –, so viel wie möglich vom anderen zu erfragen und zu erfahren, als gelte es, an einem Abend das ganze Leben des anderen in sich aufzusaugen.

Unterwegs sind sie auf ein Bier in einer kleinen Eckkneipe eingekehrt, ohne ihre Befragungen und Mitteilungen zu unterbrechen. Als es auf Mitternacht zugeht und eigentlich ein Abschied bevorsteht, wagt es Kurt Hansen – viel Zeit hat er nicht –, der jungen Dame zu gestehen: »Ich würde gerne die Nacht mit Ihnen verbringen.«

Jetzt hat Inge ein Problem. Wenn sie, ohne zu zögern, einer gemeinsamen Nacht zustimmt, könnte er denken, sie sei immer so schnell bereit, sei ein Flittchen. Das will sie auf keinen Fall. Aber eine Nacht mit diesem sympathischen, interessanten und dazu noch gutaussehenden Mann, das würde sie schon reizen.

»Aber – wir kennen uns doch noch gar nicht.« Ein kläglicher Versuch der Abwehr.

»Nach unseren langen Gesprächen?« Es ist keine Frage, sondern ein Widerspruch. »Wir wissen doch schon sehr viel voneinander.«

»Ja, schon«, gibt Inge zu. »Aber normalerweise gehe ich nicht nach einem Tag Bekanntschaft mit – « Sie will das Wort ,Bett' vermeiden. » – verbringe ich nicht gleich mit einem Mann die Nacht.«

»Das glaube ich Ihnen, da bin ich sogar ganz sicher. – Übrigens, wir kennen uns inzwischen schon zwei Tage«, versucht er zu scherzen.

Unschlüssig steht Inge vor ihm. Da fasst sich Kurt Hansen ein Herz, reißt die junge Frau in seine Arme und küsst sie leidenschaftlich. Das kommt so plötzlich, so überraschend, dass Inge sich nicht wehren kann, selbst wenn sie gewollt hätte.

Als er sie wieder freigibt, will die zunächst noch etwas benommene Inge protestieren. Kurt legt ihr den Zeigefinger auf die Lippen: »Nein, sag nichts, Inge. Lass mich erst sprechen. Ich suche kein schnelles Abenteuer. Ich habe mich in dich verliebt. Gleich gestern Abend.« *Ob das* »gestern Abend« *stimmt, weiß er selbst nicht so genau, inzwischen aber trifft es zu. Inzwischen wünscht er sich nichts sehnlicher als eine Beziehung mit dieser Frau. Eine intensive und dauerhafte Beziehung. Auch über den Fronturlaub hinaus.*

36

SIEBTES KAPITEL

erde ich trauern, wenn sie tot ist? Fragte sich die Tochter, nach wie vor mit dem Blick in das Leben vor dem Fenster. Sie wusste es nicht. Noch konnte sie sich nicht vorstellen, wie das sein würde, eine Zeit ohne Mutter. Obwohl sie sich das schon oft gewünscht hatte. Immer dann, wenn die Mutter darauf bestanden hatte, dass die Tochter etwas so machte, wie sie, die Mutter, es vorschrieb. Weil es natürlich das Beste für das »Kind« war. Dann hatte es Streit gegeben. Aber der Ausgang war von Anfang an klar gewesen, ohne Ausnahme.

Wie oft hätte sie an der Gabelung lieber einen anderen Weg eingeschlagen? Einmal? Fünfmal? Zehnmal? Sie konnte sich vor allem an drei für sie wichtige Ereignisse erinnern.

Nach dem Abitur – der Vater war zu der Zeit schon tot – wollte sie für ein Auslandsjahr nach Spanien gehen.

Eigentlich hätte sie ja lieber Italienisch als zweite Fremdsprache gewählt, sie liebte diese Sprache, die grazil und leichtfüßig daherkam wie eine Gazelle und immer wie eine kleine Melodie klang. Aber die Mutter hatte gemeint, Italienisch sei untauglich als Geschäftssprache, Spanisch sei im Business fast so verbreitet wie das Englische. Und so hatte sie sich seufzend für das etwas robustere, rauere Spanisch eingetragen, das sie eher an einen Hirsch denken ließ, hatte es aber dennoch mit großem Erfolg erlernt.

Da die Mutter immer sehr ängstlich war bei allem, was die Tochter unternahm, hatte es die Tochter vorsichtig versucht: »Cornelia und Petra werden ein Jahr in Spanien studieren«, hatte sie gesagt, »es ist ja immer besser, die Sprache im Land perfekt zu lernen.«

Die Mutter schien noch nichts zu ahnen. »Ja, schön für sie«, hatte sie nur kurz gesagt.

Nach einer kurzen Pause und einem tiefen Atemholen hatte die Tochter es gewagt: »Ich wollte mit ihnen nach Spanien gehen.«

Die Mutter hatte sie ungläubig angesehen und dann – noch nicht sehr energisch – gesagt: »Nein, das ist viel zu gefährlich. Du bist noch zu jung für solche Alleingänge. Was kann dir da alles passieren!«

»Aber Cornelia und Petra dürfen das.«

»Das interessiert mich nicht, das ist Sache von deren Eltern. Wir müssen nicht alles wie die anderen machen.«

In den nächsten Tagen, Wochen hatte die Tochter immer wieder vorsichtige Versuche unternommen, die Mutter umzustimmen. Aber die hatte weiter mit Ablehnung, dann durch ein kategorisches Verbot, schließlich mit Geschrei und Tränenfluten reagiert. Als alles noch nicht zum gewünschten Ergebnis führte, hatte sie zwei Wochen nicht mit der Tochter gesprochen. Eiskalt durchgezogen hatte sie diese Strategie. Bis die Tochter schließlich entnervt einlenkte und zugegeben hatte, sie könne auch in der Heimat ihr Spanisch vervollkommnen.

Später, als sie die Universität mit Bravour abgeschlossen hatte, stellte sich die Frage nach der weiteren Zukunft. Die Tochter hätte sich gern selbständig gemacht, hätte gern ein Unternehmen für Wirtschaftsberatung und

Übersetzungen gegründet mit Schwerpunkt Wirtschafts-Spanisch und –Französisch. Eine ungewöhnliche, originelle Kombination. Der Bedarf und damit die Erfolgsaussichten waren damals phänomenal gewesen. Aber die Mutter hatte darauf bestanden, dass sie sich bei namhaften Firmen um eine Stelle bewarb und sich dort hocharbeitete. Selbständigkeit? Viel zu unsicher.

»Und du als Frau wirst da sowieso nicht reüssieren. Du hast nicht die Ellenbogen, dich gegen die Konkurrenz durchzusetzen. Außerdem müsstest du dich erst mal verschulden. Denn eine Unternehmensgründung kostet Geld.«

»Das weiß ich selber«, hatte die Tochter ungehalten erwidert. Sie hatte schließlich außer den Sprachen auch Wirtschaft studiert. »Ich habe alles genau durchkalkuliert. Die Schulden werde ich sehr rasch getilgt haben. Und was die Konkurrenz angeht, woher willst du wissen, dass ich mich nicht durchsetzen kann? Im übrigen wird es kaum Konkurrenz geben, da ich in einem sehr speziellen Sektor arbeiten würde.«

Aber alle Beteuerungen, alle Finanzierungspläne, alles Bitten und Auftrumpfen – nichts hatte geholfen.

Und so saß sie seit Jahrzehnten in einer »namhaften Firma«, mittlerweile in einer Spitzenposition, aber immer öfter gelangweilt von der täglichen Routine. Von Zeit zu Zeit erschien sie in ihren Träumen als erfolgreiche Wirtschaftsberaterin und Übersetzerin. Wenn sie dann erwachte, war der Tag verdorben. Eine lähmende Wehmut legte sich auf ihre Stimmung, auf alles, was sie tat. Oft dauerte es bis zum Nachmittag, bis sich die dunklen Schleier auflösten.

Heute konnte sie sich nicht erklären, was sie damals gehindert hatte, sich einfach durchzusetzen, einfach »ihr

Ding« zu machen, einfach einen Geschäftsraum zu suchen und die Formalitäten für eine Geschäftsgründung zu erledigen. Was war das für eine Sperre, die sie im letzten Moment immer vom Bruch mit der Mutter abhielt? Wie eine undurchdringliche Dornröschenhecke, an der man sich die Finger blutig stach.

Schließlich die Geschichte mit dem Mann, mit dem sie gerne zusammengelebt hätte. Vielleicht sogar für immer. Zumindest für eine lange Zeit. Als sie ihm auf einem Stehempfang von ihrer Firma begegnet war, hatte er ihr sofort gefallen. Und sie ihm offenbar auch. Denn nach einem langen Blickkontakt war er lässig auf sie zu geschlendert, mit einem zweiten Drink in der Hand, den er ihr mit einer ironisch überspitzt galanten Geste überreichte, und hatte sie ohne Umschweife in ein Gespräch verwickelt. Später hatten sie den Veranstaltungsort verlassen und ihre intensive Unterhaltung in einer Bar fortgesetzt.

Danach hatten sie sich oft getroffen. Zwei- bis dreimal die Woche. Und dann immer öfter. Und nicht mehr nur in Cafés, Restaurants, Clubs oder Gartenlokalen. Sondern auch bei ihm zu Hause. Zum ersten Mal in ihrem Leben war sie hemmungslos verliebt gewesen. Dieses Gefühl hatte sie bis dahin nicht gekannt. Während ihrer verschiedenen kleinen Affären war es nie aufgetaucht. Jetzt erwischte es sie mit einer Heftigkeit, die sie aus den alltäglichen Gleisen herauszuschleudern drohte. Aber sie genoss diese neue Erfahrung.

Die wunderbare Zeit dauerte fast ein Jahr. Dann gab es ein kaltes Ende. Denn sie hatte einen Fehler gemacht – einmal den geliebten Mann mit zu sich nach Hause genommen, der Mutter vorgestellt. Die hatte von da an verbissen daran gearbeitet, den Mann schlechtzureden, ihn lächerlich zu machen und schließlich, als alles nicht half, ihm Verhältnisse mit anderen Frauen zu unterstellen.

Obwohl die Tochter sich gegen Häme und Beschuldigungen verzweifelt gewehrt hatte, blieben die auf die Dauer nicht ohne Wirkung. Nach und nach tröpfelte ihr Gift in die Beziehung – Misstrauen, Eifersucht, Distanz. Ohne dass sie es zunächst bemerkten, änderte sich der Ton in ihren Gesprächen. Wurde sachlicher. Kühler. Die Treffen wurden seltener. Und fanden häufiger wieder in der Außenwelt statt.

Eine schnelle Tasse Kaffee mit einem Stück Kuchen in einem angesagten Café; ein Besuch im Kino, ohne pubertäre Zärtlichkeiten in der letzten Reihe; ein stummer Spaziergang im Park.

Bis eines Tages der geliebte, beargwöhnte Mann der Tochter mitteilte, dass er für ein halbes Jahr ins Ausland gehe. Zwei, drei Telefonate gab es noch, dann hatte sich die Beziehung erledigt.

Die Mutter konnte aufatmen.

Die Tochter dachte nur ungern und deshalb selten an diese Episode in ihrem Leben.

Ja, wie wird es sein, fragte sie sich jetzt, das Leben ohne Mutter. Die Wohnung leer, wenn sie am späten Nachmittag oder erst am Abend von der Arbeit nach Hause kam. Bis zu ihrer Bettlägerigkeit vor drei Monaten hatte die Mutter immer noch gekocht. Danach brachte »Essen auf Rädern« jeden Mittag ein Gericht für die Mutter, und die Tochter aß in der betriebseigenen Kantine. In der letzten Zeit hatte die Mutter nicht mehr allein essen können. Also machte die Tochter das Essen am Abend warm und half der Mutter, fütterte sie mehr oder weniger. Morgens kam eine Frau vom Pflegedienst und kümmerte sich um die Körperpflege der Mutter. An zwei Tagen in der Woche reinigte eine Hilfskraft aus Osteuropa die Wohnung. Die nahm auch die Wäsche mit und brachte sie sauber und gebügelt zurück, seit die Mutter nicht mehr dazu in der Lage war. Die Einkäufe hatte sie, die Tochter, schon immer erledigt, früher mit der Mutter zusammen, nun allein. Klar, sie hatte ja ein Auto.

Viel ändern würde sich nicht. Ohne die Mutter. Die abendliche Hilfe beim Essen würde entfallen. Aber die Wohnung wäre leer. Das kannte sie nicht. Hatte sie nie erlebt. Ihr ganzes Leben lang hatte sie an der Seite der Mutter verbracht. Immer war jemand in der Wohnung, wenn sie nach Hause kam. Immer war die Mutter in der Wohnung, wenn sie nach Hause kam. Würde sie die leere Wohnung aushalten?

Unmerklich hatte sich Dämmerung ins Zimmer geschlichen. Seufzend wandte sich die Tochter jetzt zur Mutter um. Die hatte die Augen geöffnet. Schien die Tochter schon eine ganze Weile zu beobachten, lenkte den Blick aber rasch in eine andere Richtung, als die Tochter sich dem Bett näherte.

ACHTES KAPITEL

*A*ls Inge am Morgen erwacht, hat sie Mühe, wieder in die Welt zu finden. Was ist das für ein Zimmer? Verblasste Blümchentapete, das Mobiliar alles andere als neu, der Ausblick aus dem Fenster von ausgeblichenen, ehemals roten Vorhängen versperrt. Wo ist sie hier? Sie schaut sich um – und entdeckt ihn. Gleich neben sich. Im Bett. So, wie er daliegt, ruhig im Schlaf, sieht er rührend sanft aus.

Ja, jetzt ist alles wieder da. Kurt ist das, der Unteroffizier auf Fronturlaub, mit dem sie den ganzen Abend und offenbar auch die Nacht verbracht hat. Nach und nach erscheinen Bilder. Das Café gegenüber von Müller. Der lange Spaziergang am Kanal. Die kleine Kneipe. Und dann?

Ach ja, er hat sie einfach überrumpelt, hat sie wild geküsst. Ohne zu fragen! Hat sogar gesagt, er hätte sich in sie verliebt. Und dann haben sie festgestellt, dass sie beide, weder er noch sie, zu sich nach Hause in ein Zimmer gehen können, das von einer argwöhnischen Wirtin streng bewacht wird.

Also ist sie jetzt in dem kleinen Hotel, das sie in der Nähe des Kanals gefunden haben.

Nach einem Blick auf die Armbanduhr, die offenbar beim Ausziehen vergessen wurde und immer noch den Arm umschließt – es ist noch Zeit, sie muss noch nicht aufstehen –, streckt sie sich in den Kissen, kuschelt sich in das schwülstige Federbett und schließt die Augen.

Schön ist sie gewesen, die Nacht mit diesem Kurt. Er ist nicht ihr Erster. Und auch nicht ihr Zweiter. Na ja, lassen wir das! So zärtlich und auch wieder leidenschaftlich hat sie bisher keinen erlebt. Er hat sich Zeit gelassen, ihr Zeit gelassen, sie nicht überfallen wie die anderen, bei denen musste es immer ganz schnell gehen und war dann, ehe sie es sich versah, auch schon wieder vorbei. Kurt aber hatte sie erst eine Ewigkeit lang – jedenfalls kam es ihr so vor – gestreichelt, überall, überall dort, wo es bei seiner Berührung wie eine Welle aus Feuer durch ihren Körper lief, so lange, bis sie es nicht mehr aushielt, ihn auf sich zog, ihn in sich spüren wollte.

Und jetzt? Hat Waltraud Recht behalten? Hat sie sich verliebt?

Sie wendet sich in dem Bett mit der »Besucherritze« zu ihm um und betrachtet ihn. Er ist ein sehr ansehnlicher Mann, seinen schlanken, aber kräftigen Körper kann sie jetzt nicht sehen, aber sie hat ihn in der Nacht erlebt. Sein ebenmäßiges Gesicht könnte man fast schön nennen. Sein glattes, dunkelblondes Haar liegt jetzt zerwühlt auf dem Kissen. Eigentlich ein Mann zum Verlieben. Außer seiner äußeren Erscheinung auch noch ein Mann für lange Gespräche und – fürs Bett. Was will man mehr?

Habe ich mich verliebt?

Nein, bis jetzt nicht. Ich mag ihn. Ich finde ihn anziehend. Ich würde auch gerne noch einmal mit ihm schlafen. Aber Liebe?

NEUNTES KAPITEL

*E*twas trinken, Mutti?«, fragte die Tochter und schaltete die kleine Lampe auf dem Nachttisch der Mutter an. Der aprikosenfarbene Schirm tauchte das Zimmer in sanftes, mildes Licht.

»Ja, mein Kind.« Die Stimme aus den Kissen hatte ihre vorübergehende Festigkeit wieder verloren.

»Dann mache ich dir frischen Tee. Der von vorhin ist inzwischen kalt. Möchtest du auch etwas essen?«

»Nein, nichts.« Die Antwort war kaum zu hören.

Eilig begab sich die Tochter in die Küche. Füllte den Kocher mit Wasser, drückte den Einschaltknopf, goss den restlichen Tee in den Ausguss und bereitete das Teeei vor. Dann blieb sie unschlüssig, mit verschränkten Armen, am Küchentisch stehen. Entschloss sich, in der Küche zu warten, bis das Wasser kochte.

Im Schlafzimmer schloss die Mutter wieder die Augen.

Wie hatte sie gejubelt, hatte geradezu gebadet in Glückseligkeit, als das Kind endlich da war. Von nun an gab es für sie nur noch die Tochter. Der Ehemann war eigentlich überflüssig, eher lästig. Aber er liebte die Tochter schließlich auch. Und – ein Affront für ihre argwöhnischen Augen – die Tochter liebte auch den Vater. Jedenfalls als ganz kleines Kind und dann auch später nach seiner Rückkehr aus dem aufgezwungenen Auslandsaufenthalt. Aber so fixiert wie auf sie, die Mutter, war die Tochter auf keinen anderen Menschen. Das stand fest. Als Zweijährige immer nur: »Mutti, Mutti, Mutti!« Wie ein Hündchen folgte sie der Mutter auf Schritt und Tritt. Und so brav war sie. Na ja, das änderte sich später. Aber der ganz große Aufstand, den sie befürchtet hatte, als die Pubertät sich nicht mehr länger verbieten ließ, war ausgeblieben. Lediglich kleine Scharmützel hatte es gegeben.

Sie hörte die Tochter erst, als sie eine Tasse mit dampfendem Tee auf den Nachttisch stellte, und öffnete die Augen.

»Ah, du bist wach, Mutti. Hier ist dein Tee.«

»Danke, mein Kind. Bitte hilf mir ein bisschen!«

Die Tochter richtete die Mutter ein wenig auf, stützte ihren Rücken mit einem Kissen und reichte ihr die Tasse. »Pass auf! Der Tee ist heiß.«

Eine ungeschickte Bewegung, nicht zu klären, ob von der Mutter oder der Tochter, und ein wenig von dem heißen Tee rann über die Hand der Mutter. Die fand sofort zurück zu ihrer Kraftstimme: »Mein Gott, was bist du ungeschickt! Das warst du schon immer. Ist das so schwer, ein bisschen aufzupassen?!«

Der Mutter die Tasse entreißen, ihr den heißen Tee ins Gesicht schleudern, sie beschimpfen, sie vielleicht auch schlagen ... Nichts dergleichen. Die Tochter presste die Lippen zusammen – die schmalen Lippen, so oft in dieser Stellung praktiziert, dass sie schließlich dauerhaft zu ihrem Gesicht gehörten –, wartete, bis die Mutter an der Tasse genippt, einen kleinen Schluck geschlürft hatte, und stellte die Tasse wieder auf den Nachttisch.

So war sie schon immer. Immer waren andere schuld an Missgeschicken, Irrtümern und Problemen. Immer hatten es alle darauf abgesehen, ihr wehzutun, sie zu beleidigen, sie zu demütigen. Wie oft hatte es deshalb Streit gegeben zwischen Mutter und Vater, denn der Vater hat nicht geschwiegen. Die Tochter erinnerte sich an heftige Auseinandersetzungen, ganz besonders an eine, die fast zum Untergang der Familie geführt hätte: Der Vater war drauf und dran, die Koffer zu packen und das Haus für immer zu verlassen. Einzig die Existenz der Tochter hatte ihn letzten Endes daran gehindert.

Es war ein strahlend schöner Frühlingstag gewesen, wusste die Tochter noch, die erste zaghafte Wärme des Jahres und eine Sonne in Mattsilber am wasserblauen Himmel. Ja, vor allem die Sonne war ihr im Gedächtnis geblieben, weil alles, was dann folgte, mit Sonne nichts zu tun hatte. Als sie am Nachmittag über Hausaufgaben brütete, stürzte die Mutter plötzlich ins Zimmer, der Atem schwer, das Gesicht dunkelrot – der übliche Anblick, wenn sie sich aufregte. Sie müsse kurz weg, hatte sie mit verwischter Stimme kaum verständlich hervorgestoßen. Dann knallte die Haustür.

Zurück kamen sie zu zweit. Vater und Mutter. Kanonendonner entlud sich schon im Flur und fand seine Fortsetzung im Wohnzimmer. Zwar erst präpubertär, verstand die Tochter doch, worum es ging. Irgendwie – vielleicht aus dem Terminkalender des Vaters oder von seiner Sekretärin, das war nicht klar – hatte die Mutter erfahren, dass sich der Vater mit einer Frau in einem Café traf. Da sie dies für ein Schäferstündchen mit einer möglichen Geliebten hielt, war sie in das Café gestürmt und hatte ihren Gatten zur Rede gestellt. Erregt und lautstark, so dass keinem der anwesenden Gäste die unerwartete, aber durchaus willkommene Gratis-Vorstellung entgehen konnte.

Immer schon war die Mutter herumgeflattert wie ein

aufgescheuchtes Huhn, wenn ihr etwas nicht passte. Aber nur zu Hause. Nicht in der Öffentlichkeit. Warum sie nun in einem Café einen bühnenreifen Auftritt hingelegt hatte, war der Tochter schon damals als Elf- oder Zwölfjährige – so genau wusste sie das nicht mehr – ein Rätsel gewesen. Sie hatte sich die Szene vorgestellt und die Peinlichkeit der Situation so intensiv empfunden, dass Hitze in ihr Gesicht gestiegen war.

Warum nur immer wieder diese Ausbrüche, oft aus nichtigem Anlass? Als Kind haben sie mich jedes Mal in einen Abgrund von Schrecken versetzt. Weil oft *ich* das Objekt ihres Zorns war. Ich habe es nie verstanden, denn meist waren es Bagatellen, Banalitäten, die diese Eruptionen auslösten. Ich hätte es aber gern verstanden.

Mit einem tiefen Seufzer und einem letzten Blick auf die nun offenbar wieder schlafende Mutter begab sich die Tochter erneut in die Küche. Wäre vielleicht nicht verkehrt, sich etwas zu essen zu machen.

ZEHNTES KAPITEL

D a Inge in einer anderen Abteilung arbeitet, muss sie noch bis zur Mittagspause in der Kantine warten, ehe sie Waltraud von dem Treffen berichten kann. Am Vormittag im Büro überlegt sie immer wieder, was sie Waltraud erzählen will und was besser nicht. Und immer wieder drängen sich auch Erinnerungshäppchen an den letzten Abend und die letzte Nacht in ihre Gedanken. Als sie für den Abteilungsleiter ein Diktat auf dem Stenogrammblock aufnehmen soll, muss sie ein paar Male nachfragen, weil sie den Anschluss verpasst hat. Mit den Gedanken woanders.

»Sie sind heute ein wenig unkonzentriert, Fräulein Bergmann. So kenne ich Sie gar nicht.« Ihrem Gruppenleiter ist also etwas aufgefallen. »Haben Sie Probleme? Oder einfach nur schlecht geschla-fen?«, erkundigt er sich.

»Nein, nein, es ist alles in Ordnung«, erklärt Inge schnell. »Entschuldigen Sie bitte, ich werde jetzt besser aufpassen.«

»Na ja, jeder hat mal einen schlechten Tag«, beruhigt sie der Gruppenleiter. »Aber wenn es etwas gibt, was Sie quält, und ich Ihnen helfen kann, wenden Sie sich getrost an mich. Ich werde tun, was in meiner Macht steht. Sie wissen, ich schätze Sie als meine Mitarbeiterin sehr.«

»Danke, das ist sehr freundlich. Aber es ist nichts. Ich habe keine Probleme.« Was schmeißt der sich denn plötzlich so an mich ran? Hat er doch noch nie getan.

In der Kantine wartet Waltraud schon ungeduldig. »Na, wie ist es gelaufen? Hast du dich verliebt? Erzähl schon!«

»Nee, verliebt hab ich mich nicht. Aber es war ein schöner Abend. Wir haben viel geredet.«

»Wo habt ihr denn geredet? In dem Café? Das hat doch gar nicht so lange offen.«

»Nee, nicht in dem Café.«

»Und wo dann? Mein Gott, Inge, lass dir doch nicht jedes Wort aus der Nase ziehen.«

»Wir sind spazieren gegangen.«

»Wo seid ihr denn spazieren gegangen?«

»Am Kanal.«

»Am Kanal? Den ganzen Abend am Kanal?«

»Nee, wir sind auch noch in einer Kneipe gewesen.«

»Hat er dich nach Hause gebracht?«

Einen Augenblick zögert Inge. Dann sagt sie: »Ja, er hat mich nach Hause gebracht.«

»Und – hat er dich zum Abschied geküsst?«

»Ja, ganz kurz.« Dass er sie nicht geküsst hat, das hätte ihr Waltraud nicht abgenommen. Ein Abschiedskuss im Hausflur muss schließlich sein, wenn sich ein Mann für eine Frau interessiert. Und erst recht, wenn dieser Mann Soldat auf Fronturlaub ist.

Nachdem das wirklich Wichtige abgefragt ist, kann man zum Allgemeinen übergehen. »Und – wie ist er so?«

»Na, ganz nett. Du hast ihn doch vorgestern selbst erlebt, Waltraud.« Inge hat keine Lust, ins Detail zu gehen. Aber Waltraud gibt keine Ruhe: »Ja, schon. Aber das war doch nur ganz kurz. Ihr habt doch gestern geredet, hast du gesagt. Da lernt man jemand doch viel besser kennen. Worüber habt ihr denn geredet? Die ganze Zeit.«

»Ach, über dies und das.«

»Hör mal, Inge, war das gestern eine Enttäuschung? So

wenig, wie du über den Abend berichtest, könnte man meinen, der war ein totaler Reinfall.«

Nein, war er ganz und gar nicht. Aber das denkt Inge nur. Sie will die Erinnerung nicht teilen. Sie gehört ihr. Ihr ganz allein. Und auf einmal wird ihr klar, dass diese Erinnerung etwas Kostbares für sie ist, etwas, das sie tief in sich bewahren will.

Nachdem sie Waltrauds Frage, ob es ein Wiedersehen gebe, ebenfalls mit »nein« beantwortet hat, trennen sich die Freundinnen, um in ihren jeweiligen Abteilungen bis zum Abend zu arbeiten. Zum ersten Mal gibt es eine leichte Verstimmung zwischen ihnen.

ELFTES KAPITEL

J a, im Großen und Ganzen war ihr kleines Mädchen brav gewesen. Zum Glück! Kinder können sich so ungünstig entwickeln. Aus der Bekanntschaft hatte die Mutter von einem Fall gehört, da hatte sich der Sohn erst in die Drogenszene und dann in die Kriminalität verabschiedet. Nein, Gott sei Dank, etwas Derartiges hatte ihr Mädchen ihr nicht angetan. Auch in der Schule war alles glatt gelaufen, immer die Beste, das setzte sich im Studium fort, Vorzeigestudentin, Beste ihres Jahrgangs, Abschluss mit Promotion, summa cum laude. Ja, hochintelligent ist sie, kein Zweifel, auch phantasiebegabt. Wie versponnen und weltvergessen hatte sie als Kind stundenlang spielen können! Mit wenig, meist selbstgemachtem Spielzeug. In der Nachkriegszeit gab's ja nichts Vernünftiges. Aber im Alltag war sie immer chaotisch, unfähig, ihre Dinge ordentlich zu regeln. So, wie sich das gehört. Wie oft musste ich ihr hinterherräumen, verlegte Sachen für sie suchen! Wie oft musste ich ihr zeigen, wie man dies oder jenes im Alltag erledigt!

Die Mutter dachte an die katastrophale Vorbereitung ihrer ersten gemeinsamen Reise. Die Tochter hatte totale Verwirrung gestiftet. Mit immer wieder neuen Vorschlägen, Routen, Hotels und Reisedaten hatte sie die Frau im Reisebüro fast in den Wahnsinn getrieben, sodass sie, die Mutter, schließlich eingreifen und die Planung in geordnete Bahnen lenken musste. Seit dieser Episode hatte sich die Mutter um den Ablauf der Reisen gekümmert.

Es gab noch andere Fälle völligen Versagens. Ich habe diese Unfähigkeit bei ihrer hohen Intelligenz nie verstanden. Ich hätte sie aber gerne verstanden.

Die Mutter öffnete die Augen, die sie bis dahin geschlossen gehalten hatte, um Schlaf vorzutäuschen. Ein wenig hob sie den Kopf, wollte prüfen, ob die Tochter noch im Zimmer war.

Nein, offenbar nicht. Der Kopf fiel wieder in die Kissen. Wahrscheinlich war sie in der Küche. Was machte sie da? Warum ist sie nicht hier bei mir? Hält meine Hand. Redet mit mir.

Seit einigen Jahren war sie so distanziert. Fast kalt. Früher hat sie mich oft in den Arm genommen, ein Küsschen hier, ein Küsschen da, auch noch als Erwachsene. Natürlich war es nicht mehr die hemmungslose Zuneigung, die die Tochter ihr in der Kindheit entgegengebracht hatte.

Ich bin nicht mehr lange hier, das weiß ich. Und nun lässt sie mich alleine. Statt an meinem Bett zu sitzen, mit mir zu reden, meine Hand zu halten und über meinen Schlaf zu wachen. Könnte der letzte sein. Vor dem allerletzten, dem ewigen. Und sie kriegt das gar nicht mit. Weil sie in der Küche sitzt und liest. Oder in ihrem Zimmer sogar schläft.

Langsam arbeitete sich eine kleine Welle Ärger in der Mutter empor, wurde größer und größer, breitete sich aus, drohte den knochigen Brustkorb zu sprengen –...

»Hallo! Hilfe!« Die Kraftstimme war wieder da.

Und die Tochter auch.

»Mein Gott, Mutti! Was ist? Hast du Schmerzen?«

»Nein!« Die Stimme war rau. Rau, aber kräftig. Und empört. »Du lässt mich alleine!«

ZWÖLFTES KAPITEL

An diesem Abend werden sie sich nicht im Café gegenüber der Müller AG treffen. Sie haben sich in dem kleinen Hotel verabredet, in dem sie die letzte Nacht verbracht haben. Das Zimmer hat Kurt gleich für die nächsten drei Nächte reserviert.

Als Inge, etwas außer Atem – sie hat etwas länger arbeiten müssen und versucht, den zeitlichen Rückstand aufzuholen – die kleine Hotelhalle betritt, findet sie den ungeduldig wartenden Kurt dort, vergraben in einem etwas mitgenommenen ausladenden Ledersessel. Sofort springt er hoch und eilt ihr entgegen. Nur der höchst interessierte Portier an der Rezeption hält ihn davon ab, Inge gleich hier in die Arme zu schließen und zu küssen.

»Na, nu isse ja endlich da, die Frau Jemahlin«, kommentiert der Portier Inges Auftritt. »Ihr Jatte war schon janz unruich«, wendet er sich an Inge.

Der »Jatte« legt die Hände um Inges Arme und haucht ihr einen »Jatten«-Kuss auf die Stirn, wie es sich für Eheleute in der Öffentlichkeit gehört. Er nickt kurz dem Portier zu und zieht seine »Frau Jemahlin« zum Fahrstuhl, der mit Sicherheit die Jahrhundertwende miterlebt hat. Aber er funktioniert.

In ihrem Zimmer holt er das nach, was er am liebsten gleich unten bei der Begrüßung getan hätte. Hier allerdings muss er nach Umarmung und Kuss das Spiel nicht beenden. Auch

Inge hat offenbar ungeduldig seiner Nähe entgegen gefiebert. In beachtlichem Tempo haben beide alle Kleidung abgelegt. Kurt hebt Inge hoch, fast wirft er sie auf das Bett, spreizt ihre Schenkel auseinander, kann nicht warten. Diesmal ist er wild, glüht vor Leidenschaft, aber mit ihm gefällt ihr auch das. Denn selbst diese Wildheit ist bei ihm anders als bei den Männern früherer Abenteuer. Bei Kurt ist sie sicher, dass seine Leidenschaft ihr gilt, nur ihr als für ihn einzigartige, besondere Frau. Dass diese Leidenschaft nicht ins Leere läuft, nicht einfach stattfindet um der Lust willen. Ohne Ansehen der Person.

In der dritten Nacht gelingt es Inge, Kurts Verlangen zu zügeln. Zunächst jedenfalls. Sie hat den Wunsch, ihm dieselbe geduldige Zärtlichkeit zu schenken, mit der er sie in der ersten Nacht so glücklich gemacht hat.

Seine heftige Umarmung, seinen fordernden Kuss wehrt sie sanft ab. »Nicht so wild, Kurt«, sagt sie leise, »wir haben doch Zeit.«

»Zeit?! In zwei Tagen bin ich wieder an der Front!«

»Ja, ich weiß, Kurt. Aber jetzt, in dieser Nacht haben wir doch Zeit. Wir müssen es nicht überstürzen.«

Kurt setzt sich auf das Bett und schaut sie an. »Was macht der Krieg mit uns, Inge? Ich muss an die Front und sterbe dort vielleicht, und du bleibst hier und stirbst vielleicht unter Bomben. Wir werden uns vielleicht nie wiederseh--«

»Wir leben noch, Kurt, und bis jetzt sind kaum Bomben gefallen«, unterbricht ihn Inge.

»Das wird sich ändern.« Das sagt Kurt mit einer Bestimmtheit, die Inge erschreckt.

»Meinst du wirklich? Wie willst du das wissen?«

»Ich bin ganz sicher. Es wird noch viele Bombenangriffe geben. Wir haben schließlich damit angefangen. Und seit Dezember ist Amerika mit im Spiel. Zusammen mit Eng-

land – es wird auch für euch in der Heimat noch ungemütlich werden.«

Inge schaut ihn erschrocken an. Dann setzt sie sich neben ihn. »Wieso meinst du das? Wir haben doch bis jetzt überall gesiegt.«

»Wart's ab! Der Einmarsch in die Sowjetunion war ein schwerer Fehler. Da sind schon ganz andere dran gescheitert. Die Russen werden von Engländern und Amerikanern unterstützt. Auf Dauer kann sich Deutschland keinen Zweifrontenkrieg leisten. Sieh dir doch mal die Länge der Frontlinien an. So viele Soldaten und so viele Waffen, so viel Material haben wir gar nicht, um uns gegen so starke Gegner zu wehren, geschweige denn sie zu besiegen.«

Inge hat seiner Darstellung mit einigem Entsetzen zugehört. In zweierlei Hinsicht: einmal wegen der erschreckenden Prognose, zum anderen wegen seiner Offenheit.

»Redest du so auch mit deinen Kameraden?«, fragt sie.

»Nein, natürlich nicht.«

Inge atmet tief durch. »Gott sei Dank. Solche Reden können dein Todesurteil sein.«

»Ich weiß. Aber mit dir kann ich doch wohl so sprechen. Oder?«

»Ja, natürlich, mit mir kannst du so sprechen. Ich bin sehr glücklich über dein Vertrauen. Aber woher weißt du, wie es in Zukunft weitergehen wird? Wir hören hier nur, wo überall Deutschland siegt. Was gerade erobert wird.«

»Ich kenne die Propaganda. Aber wenn du draußen im Feld stehst, sieht alles ganz anders aus. Und du kriegst so manches mit, was eigentlich nicht für deine Augen und Ohren bestimmt ist. Ich kann dir versichern – es werden auch für euch hier in der Heimat noch schlimme Zeiten kommen. Ich habe Angst um dich, Inge. Und auch um mich. Wenn wir uns nicht wiedersehen – ich weiß nicht, wie ich das überstehen sollte, denn – ich liebe dich, Inge.« Sanft drückt er sie auf das Bett, öffnet ihre Bluse, packt mit den Lippen die kleine Blüte ihrer Brust.

»Ich liebe dich auch, Kurt«, flüstert sie. Fast geht das Geständnis in ihren Seufzern unter. Ihn mit Zärtlichkeiten zu verwöhnen, wie sie es vorgehabt hat, dazu kommt sie nicht mehr ...

DREIZEHNTES KAPITEL

it Erleichterung stellte die Tochter fest, dass der Zustand der Mutter sich nicht verschlechtert hatte. Nein, der Dieb hatte sich noch keinen Einlass verschafft, duckte sich noch im Hintergrund.

Die Tochter zog sich wieder den Stuhl ans Bett und ließ sich darauf nieder. Die Hand der Mutter hielt sie nicht.

Erleichterung? Wieso habe ich mich erleichtert gefühlt? Wie oft habe ich mir gewünscht, allein zu sein, selbst über mein Leben zu bestimmen, ohne ihre ständige Einmischung. Und da ich den Absprung nie geschafft habe, hätte das ja bedeutet, dass sie –...

Und nun auf einmal dieses Gefühl der Erleichterung? Hatte sie Angst? Angst vor der endgültigen Trennung? Angst vor der Ungewissheit danach? Dem Dunkel und der Leere. Die nur vorübergehend aufgebrochen würden durch die nervenaufreibenden und kräftezehrenden Vorbereitungen auf die Organisation der Trauer. Alles würde sie allein regeln müssen. Und fühlte sich doch dem überhaupt nicht gewachsen. Wer sollte ihr helfen? Geschwister gab es nicht, auch keine nahen Verwandten. Freunde? Die meisten hatten sich nach und nach zurückgezogen, hatten die irritierende Symbiose zwischen Mutter und Tochter nicht verstanden, nicht ertragen.

Wenn alles erledigt ist, werde ich in Dunkel versinken. Das war sicher. Das wusste die Tochter jetzt schon. Aber wieso eigentlich? Alles stand ihr dann doch offen. Sport, Kultur, Reisen (endlich mal alleine), alles Möglichkeiten, wieder einen Freundeskreis zu gewinnen. Sie sollte sich freuen. In froher Erregung in die Zukunft schauen.

Statt dessen dieser unscharfe Zustand zwischen Angst vor dem, was sein würde, und der Erleichterung über das, was noch nicht war.

Die Tochter wollte aufstehen, in die Küche gehen, um das Essen zu beenden, von dem sie die Mutter weggerufen hatte. Als sie im Gehen noch einen Blick auf die Mutter warf, sah sie, dass die die Augen geöffnet hatte und die Tochter unverwandt anstarrte. Wie lange schon? Fragte sich die Tochter.

»Willst du mich schon wieder alleine lassen?« Die Stimme war schwach, leidend, aber mit kraftvollem Vorwurf.

Zorn! Unvermittelt war er wieder da. »Hör zu, Mutti, in der Küche steht noch Essen. Ich muss schließlich auch irgendwann mal was essen.« Fast schrie die Tochter.

»Ja, ja, iss du nur, mein Kind. Klar musst du was essen. Lass mich hier ruhig alleine sterben.«

»Du wirst wohl kaum in den nächsten zehn Minuten sterben.«

»Woher willst du das wissen?«

»Es scheint dir doch noch ganz gut zu gehen. Zehn Minuten wirst du schon noch überstehen.«

»Wer weiß. Aber geh nur, geh! Du musst ja essen.«

»Ist sowieso inzwischen kalt.« Abrupt wandte sich die Tochter ab und ging mit kurzen, schnellen Schritten in die Küche.

In der Küche warteten kaltes Rührei und ein Gummi-Toast mit zerlaufener Kräuterbutter auf sie. Unschlüssig stand die Tochter vor dem Teller mit dem kalten Essen.

Dann packte sie den unbrauchbaren Toast, trat auf den Hebel am Mülleimer, um den Deckel zu öffnen, und schleuderte den Toast in die dunkle Tiefe. Nur einen Moment zögerte sie noch, schließlich zog sie eine neue Toastscheibe aus der Packung und steckte sie in den Toaster, stellte den Drehknopf auf Stufe 5 und schaltete das Gerät ein. Das Rührei schob sie noch einmal in die Pfanne.

Als der Toast hochgeworfen wurde, bestrich sie ihn erneut mit Kräuterbutter und ließ das erwärmte Rührei auf den Teller gleiten. Aus dem Kühlschrank holte sie eine angebrochene Flasche Wein und füllte ein Glas randvoll.

Schließlich nahm sie Platz und begann zu essen. Lauschte. War aus dem Schlafzimmer der Mutter etwas zu hören? Starb sie vielleicht doch gerade? Und sie, die Tochter, war nicht bei ihr?

VIERZEHNTES KAPITEL

*E*s ist ihr letzter Tag. Den ganzen Vormittag über kann sie an nichts anderes denken. Der letzte Tag. In diesen vier Tagen hat sich ihr Leben verändert. Es gab nur noch Kurt. Den Arbeitstag hat sie mit Ach und Krach überstanden, ist bei den Vorgesetzten durch Zerstreutheit und abwesendes Schauen in die Ferne aufgefallen. Nur deren Wohlwollen und die Tatsache, dass sie als zuverlässige und kompetente Mitarbeiterin bekannt ist, hat sie vor unangenehmen Folgen bewahrt.

In den Mittagspausen hat sie sich mit unterschiedlichen Ausreden – zu viel dringende Arbeit, ein Ruf zum Diktat vom Chef, Kopfschmerzen und Übelkeit – erfolgreich vor einem Treffen mit Waltraud in der Kantine gedrückt. Aber nun fällt ihr nichts mehr ein. Ausgerechnet an ihrem letzten Tag mit Kurt wird sie sich Waltrauds Fragen stellen müssen.

Was soll sie ihr sagen? Ja, sie hat sich verliebt. Oder sogar noch mehr: Sie liebt diesen Mann. Es ist also genau so gekommen, wie Waltraud es prophezeit hat. Inge sieht schon das Kopfschütteln der Freundin, den verhaltenen Triumph in ihren Augen, weil sie Recht behalten hat, hört ihre besorgten oder kritischen Kommentare.

An der Essensausgabe treffen sie aufeinander. Suchen sich, ohne miteinander gesprochen zu haben, gemeinsam einen freien Tisch. Nehmen Platz. Fangen schweigend an zu essen.

Schließlich beginnt Waltraud das Gespräch: »Was war denn der wirkliche Grund, dass du in den letzten Tagen nicht zum Essen gekommen bist?«

»Hab ich dir doch gesagt«, versucht sich Inge herauszuwinden.

»Das hab ich dir nicht abgenommen, Inge. Das waren Ausreden. Ich kenn' dich doch.«

Als Inge sich intensiv mit dem Gemüse auf ihrem Teller beschäftigt, es nach einem nur ihr bekannten System hierhin und dorthin verschiebt – und schweigt, unternimmt Waltraud einen neuen Anlauf. »Hat es etwas mit unserer Kneipenbekanntschaft zu tun?«

»Wie kommst du denn darauf?«

»Nur 'ne Vermutung.«

Wieder schweigt Inge. Dann entschließt sie sich, Waltraud einzuweihen. »Ja, du hast Recht. Ich wollte nicht darüber sprechen. Ich habe Kurt jeden Abend getroffen. Heute ist der letzte Abend. Morgen muss er wieder zur Truppe.«

Waltraud schaut die Freundin forschend an. »Sehe ich da Tränen in deinen Augen?«

Inge wischt sich rasch mit der Hand über die Augen. »Nein!«

Ohne das trotzige »Nein« zu beachten, fährt Waltraud fort: »Ist es vielleicht so gekommen, wie ich es befürchtet hatte? Du hast dich verliebt?«

Inge schweigt. Lange. Schließlich sagt sie leise: »Nein, es ist schlimmer. Ich liebe ihn. Und er liebt mich. Und nun ist die Frage, was soll werden?«

Waltraud triumphiert nicht. Sie weiß, was die Freundin durchmacht. Weiß es aus eigener Erfahrung. Ihr Rudolf musste damals auch zurück an die Front.

Schweigend beenden die Freundinnen ihr Essen.

Während sie ihre Tabletts zur Geschirrannahme tragen,

fragt Waltraud: »Wollen wir morgen Abend irgendwo in Ruhe reden?«

Inge nickt nur. Sie kann nicht sprechen, hat genug damit zu tun, die Tränen zurückzuhalten. Muss ja nicht jeder hier sehen, wie es ihr geht. Wird schon genug geklatscht in diesem Betrieb.

In dieser letzten Nacht kommt Inge erst am frühen Morgen dazu, Kurt mit Zärtlichkeiten zu verwöhnen, denn gleich nachdem sie in ihrem Hotelzimmer angekommen sind, lieben sie sich ohne Umschweife, ohne Vorbereitungen, leidenschaftlich, verzweifelt.

Über den Abschied reden sie nicht. So als gäbe es ihn nicht.

Erst als das erste schwache Licht am Horizont erscheint, kommen sie zur Ruhe.

»Und wie jetzt weiter?«, fragt Inge leise, als sie erschöpft und entspannt nebeneinander liegen.

»Wir werden über Feldpost in Verbindung bleiben.«

»Und wann werden wir uns wiedersehen?«

»Das weiß einzig der Herrgott. Wenn's den gibt. Vielleicht bekomme ich zu Weihnachten Urlaub. Aber das ist unwahrscheinlich, denn diese Zeit ist in der Regel den Kameraden mit Familie vorbehalten. Mit Frau und Kindern.«

Inge drückt das Gesicht ins Kissen. Sie will nicht, dass Kurt ihre Tränen sieht.

FÜNFZEHNTES KAPITEL

*I*st sie jetzt etwa schon schlafen gegangen? Lässt mich allein hier liegen und sterben. Herzlos ist sie. Hochintelligent, aber herzlos. Wie oft habe ich an ihrem Bett gewacht, nächtelang, ohne Schlaf, als sie klein war und krank. Masern. Keuchhusten, Windpocken – alles hat sie mitgenommen aus dem Kindergarten, ja, auch Ziegenpeter war dabei. Hohes Fieber. Husten bis zum Ersticken. Heftige Schmerzen in Hals und Ohren. Immer war ich an ihrem Bett. Habe sie in den Armen gewiegt, Wadenwickel ohne Ende angelegt. Beruhigt und getröstet. Und immer die Angst, mein Ein-und-alles könnte mir genommen werden.

Das alles geisterte durch den Kopf der Mutter. Tränen suchten einen Weg nach draußen, fanden ihn aber nicht. Also ließ die Mutter ihrem Ärger freien Lauf. Mit letzter Kraft und brüchiger Stimme rief sie die Tochter.

Die wurde durch die Stimme aus dem Schlafzimmer hochgeschreckt. Sie hatte das Abendessen beendet, zum Glück, und erhob sich kopfschüttelnd und mit einem dumpfen Stöhnen. Der Stuhl schabte kreischend über den gefliesten Boden. Noch vor einigen Tagen wäre die Tochter auf den Ruf der bettlägerigen Mutter an ihr Lager gestürzt. Jetzt räumte sie zuerst in aller Ruhe das benutzte Geschirr in die Spülmaschine, stellte die immer noch nicht völlig geleerte Weinflasche in den Kühlschrank, wischte den Küchentisch mit einem feuchten Tuch ab. Ließ sich Zeit.

Dann begab sie sich gemäßigten Schritts ins Schlafzimmer der Mutter.

»Na, hast du schon geschlafen? Habe ich dich geweckt?« Wollte die Mutter mit dieser provokant ironischen Frage die Tochter bewusst reizen?

Aber die Tochter bewahrte die Beherrschung. »Ich habe dir gesagt, dass mein Abendessen noch in der Küche steht und ich zu Ende essen möchte«, sagte sie ganz ruhig.

»Ach ja? Das habe ich dann wohl vergessen.« Nach einer kleinen Pause: »Und? Hast du fertig gegessen?«

»Ja.«

»Setz dich zu mir. Lass uns ein bisschen reden.«

Wieder der Stuhl am Bett. Auf ihm die Tochter, widerwillig, aber mit unsichtbaren Seilen gefesselt.

»Weißt du noch, der Urlaub damals in Italien, als Vati noch lebte? Erinnerst du dich?«

»Es war nicht Italien, es war Spanien, Mutti.«

»Na gut, dann war es eben Spanien. Jedenfalls Mittelmeer. Wir haben etwas gefeiert. War es dein Geburtstag?«

»Ja, mein achtzehnter.«

»Dann war es gar nicht im Sommer?«

»Nein, es war über Ostern.«

»Es war ein so schöner Urlaub. Ich denke oft daran zurück. So herrliches Wetter, ein Tag wie der andere, nichts als Sonne und Meer. Und abends, erinnerst du dich?, auf der großen Terrasse vom Restaurant war immer was los. Musik, Spiele, Tanz –...«

Ja, die Tochter erinnerte sich. Die Mutter war in jenen Tagen so entspannt, so gelöst, wie sie sie nie zuvor und nie mehr danach erlebt hatte. Die ständig spürbare Anspannung war von ihr abgefallen. Leicht wie ein Schmetterling hatte sie sich bewegt, war am Strand entlanggeschwebt wie zu einer nur von ihr vernehmbaren Musik. Auch dem Vater war die Veränderung seiner Frau aufgefallen. Mit Erstaunen und verhaltener Freude hatte er den veränderten Ton seiner Frau ihm gegenüber wahrgenommen. Sogar kleine, verschämte Zärtlichkeiten hatte es zwischen den beiden gegeben, was seit Jahren nicht mehr vorgekommen war. Und auch später nicht mehr, als sie wieder zu Hause waren.

Was hatte die Mutter damals so glücklich gemacht? Ganz plötzlich wurde der Tochter bewusst, wie wenig sie im Grunde von der Mutter wusste. Obwohl sie mehr als ein halbes Leben eng mit ihr verbunden war. Räumlich und mental. Aber vielleicht gerade deshalb. So nah beieinander konnte man sich nicht mehr sehen. Fragte nicht mehr, wunderte sich nicht, nahm alles als gegeben hin.

Nur ganz selten hatte die Mutter etwas von ihrer Kindheit und Jugend preisgegeben. Einfache Verhältnisse, vier Geschwister, sie die Älteste, frühe Verantwortung, Härte des Ersten Weltkriegs. Mehr hatte die Tochter nicht erfahren.

Nichts über die Beziehung zu den Geschwistern, zu den Eltern. Wie hatte sie sich im Familienverband wahrgenommen, gefühlt? Warum hatte sie nie danach gefragt? Jetzt waren, obwohl die Mutter die Älteste war, alle Geschwister, die sie, die Tochter, über das familiäre Biotop hätte befragen können, bereits verstorben.

Nichts über Freunde in Kindheit und Jugend. Hatte es keine gegeben? Das konnte nicht sein. Jedes Kind hat doch zumindest einen Freund oder eine Freundin.

Waren sie unwichtig gewesen, nicht erwähnenswert? Die Tochter wusste nur von gemeinsamen Freunden der Eltern, die sie als Kind gekannt hatte, die aber inzwischen auch nicht mehr lebten oder so gebrechlich waren, dass der Kontakt sich auf sporadische Telefongespräche beschränkte.

»Das war der schönste Urlaub meines Lebens«, unterbrach die Mutter die Gedanken der Tochter. »Wir haben auch schöne Reisen gemacht, du und ich, keine Frage, aber dieser Urlaub am Mittelmeer ...«, die Mutter brach ab, hatte die Augen geschlossen.

»Was hat dich eigentlich damals so-, so-, so locker, so fröhlich gemacht?«

Lange bekam die Tochter keine Antwort. Als sie schon aufstehen wollte, weil sie annahm, die Mutter sei eingeschlafen, wandte die Mutter das Gesicht der Tochter zu und erklärte mit einem spitzbübischen Lächeln – das hat sie also immer noch drauf! – und Glanz in den Augen: »Es war eben sehr schön.«

SECHZEHNTES KAPITEL

*A*nfang Oktober kann sich Inge nicht mehr mit fadenscheinigen Erklärungen beruhigen. Es besteht kein Zweifel. Die Nächte mit Kurt sind nicht ohne Folgen geblieben. Eine Untersuchung beim Gynäkologen bestätigt ihre Befürchtungen.

Was soll sie machen? Der Arzt hat sie gefragt, ob sie das Kind haben will. Sie hat ihm keine Antwort geben können. Sie weiß es einfach nicht.

Mit niemandem kann sie reden. Mit ihren Eltern nicht. Auf gar keinen Fall. Die wären außer sich. Vor allem die Mutter würde schreien, toben, weinen. Sie beschimpfen. Sie Hure nennen. Für die Mutter käme als einziger Ausweg nur eine Abtreibung in Frage. Mit Sicherheit würde sie eine Frau kennen, die den verbotenen Eingriff vornehmen könnte. Zum Glück leben die Eltern im weit entfernten Ostpreußen.

Mit Waltraud auch nicht. Nein, mit ihr kann sie auch nicht reden. Dass sie sich verliebt hat, hat Waltraud verstanden. Hat sie in ihrer Traurigkeit und Einsamkeit nach dem Abschied von Kurt getröstet. Aber die Lage, in der Inge jetzt steckt, würde Waltraud nicht mehr verstehen, geschweige denn gutheißen.

Inge hat Kurt geschrieben, aber noch keine Antwort erhalten. Zu ihrer eigenen Unentschlossenheit kommt noch die Angst, wie Kurt ihre Nachricht aufnehmen wird. Wird er entsetzt sein oder sich vielleicht freuen? Wird er ihr eine

Abtreibung empfehlen? Oder gar, wie es bei einer ihrer Kolleginnen geschehen ist, behaupten, das Kind könne ja auch von einem anderen sein? Was wisse er schon, mit wem sie sonst noch ins Bett steige. Und er hätte sogar Recht. Was wissen sie schon voneinander? Nicht einmal fünf Tage Gemeinsamkeit. Zwar viel geredet – aber wie kann man in so kurzer Zeit alles über den anderen wissen? Genug Möglichkeit, Wesentliches zu verschweigen, das Innerste zu verstecken. So wenig weiß sie von ihm, dass sie nicht einmal in der Lage ist, seine Reaktion auf die veränderte Situation einzuschätzen.

Was kann man überhaupt vom anderen wissen?

Am Arbeitsplatz hat man ihren Stimmungswechsel bemerkt, kann ihn sich aber nicht erklären. Vage vermutet man Liebeskummer. Was ja zum Teil auch zutrifft. Ihr fehlt Kurt so sehr. Nachts in den Kissen lässt sie jede Einzelheit der Nächte mit Kurt in ihrer Vorstellung wieder auferstehen.

Bald aber, in zwei, spätestens in drei Monaten, wird man noch eine andere Veränderung an ihr feststellen. Dann kann sie den »Tatbestand« auch vor Waltraud nicht länger verbergen. Wie wird sie, Waltraud, wie werden die Kollegen und Vorgesetzten ihren Zustand aufnehmen? Welche Kommentare, welche spöttischen Blicke, welches Getuschel wird es geben? Wird sie ihre Stellung behalten? Oder wird man sie feuern?

Und wenn das Kind dann da ist – wie soll sie mit ihm leben? Die Zimmerwirtin wird keine »Uneheliche« mit Kind bei sich dulden. Wo wird sie eine Bleibe finden? Wie soll das gehen – arbeiten und das Kind versorgen? Aber sie muss arbeiten. Wovon sollen sie sonst leben – sie und das Kind?

Vielleicht ist eine Abtreibung wirklich das Beste. Nein, nicht das Beste. Die einzig mögliche Lösung?

Anfang November kommt endlich der ersehnte Feldpostbrief. Aber nicht die ersehnte Antwort. Kein Wort der Freude.

*Keine Ermutigung, kein Zuspruch in der Art: Keine Sorge!
Wir werden das schon schaffen. Und erst recht kein Versprechen. Nicht die leiseste Andeutung. Im Gegenteil: nichts
als Bedenken. Die schwierigen Zeiten. Der Krieg. Die ungewisse Zukunft. Die Möglichkeit, dass er nicht heimkehrt.
Die Frage, ob es nicht besser wäre, wenn ...*

*Obwohl Inge selbst schon diesen Ausweg erwogen hat, hat
sie gehofft, er würde ihr diesen Gedanken als ungeheuerlichen
Abweg ausreden. Und nun dieser Brief.*

*Ist er doch so wie alle Männer? Gar nichts Besonderes?
Sucht das Vergnügen für den kurzen Fronturlaub, huscht
über eine bereitwillige Frau hinweg, macht sie ohne Skrupel
zur Hure, indem er die Flucht ergreift, wenn's unangenehm
wird, wenn er Flagge zeigen muss. Hat sie sich so in ihm
getäuscht?*

*Unfähig, eine Entscheidung zu treffen – geschweige denn,
etwas zu unternehmen –, hat sie sich krankschreiben lassen.
Ihr Gynäkologe ist der einzige Mensch, der über ihren Zustand Bescheid weiß. In verlegen verholperten Andeutungen
hat sie ihn gefragt, ob er bereit wäre oder jemand wüsste,
der – – Obwohl ihr klar ist, dass er sich strafbar macht, wenn
er ihrer Bitte nachkommt oder eine Person empfiehlt, die
ihren Wunsch erfüllt. Sogar die Todesstrafe droht ihm. Auf
ihr hilfloses Gestammel hat er gar nicht reagiert, hat so getan,
als habe er nichts gehört, als sei er im Moment konzentriert
mit seinen Unterlagen und Notizen beschäftigt.*

*Kurt auf seinen Brief zu antworten, dazu ist sie nicht in
der Lage. Ihr Brief wäre entweder weinerlicher Vorwurf oder
wütende Beschimpfung. Überhaupt ist sie außerstande, die
wirre Mischung aus Verzweiflung, Wut und Angst, die sie
fast zerreißt, zu Papier zu bringen.*

Auf längere Zeit zu fehlen, krankgeschrieben vom Frauenarzt – das fällt mehr auf als ein leicht gewölbter Bauch. Ihr graust vor Waltrauds fragendem Blick, trotzdem kehrt sie nach einer Woche an den Arbeitsplatz zurück.

Viel Zeit bleibt ihr nicht. Es muss etwas geschehen – besser: Sie muss eine Entscheidung treffen. Wenn sie noch lange wartet, wird es zu spät, eine Entscheidung nicht mehr möglich sein. Vielleicht sollte sie es darauf ankommen lassen. Einfach warten. Bis ein Eingriff ausgeschlossen ist. Dann bekommt sie eben dieses Kind!

Waltraud ist froh, dass die Freundin wieder an ihrem Schreibtisch sitzt, mit dem Stenogrammblock herumwieselt und kräftig in die Tasten klopft. Dass trotzdem irgendetwas nicht stimmt, hat sie sofort erkannt. Aber an die Freundin herangekommen ist sie bisher noch nicht. So abwesend (oft) oder abweisend (manchmal) Inge sich zeigt, wagt Waltraud die Konfrontation in Form indiskreter Fragen nicht. Also wird zunächst nur Schmalspur geplaudert.

Nach einer Woche hält es Waltraud nicht mehr aus. Während der Mittagspause in der Kantine fragt sie vorsichtig: »Hör mal, wir waren schon so lange nicht mehr zusammen unterwegs. Was hältst du davon, dass wir wieder mal einen Kneipenabend einlegen?«

Inge, die Waltraud gegenüber sitzt und ihren Teller halb geleert zur Seite geschoben hat, zuckt leicht zusammen. Hat die Freundin das bemerkt? Egal! Eigentlich will sie nichts mit Waltraud unternehmen, denn ihr ist klar, warum die Freundin mit ihr ausgehen will. Ausfragen will sie sie. Wissen, was los ist. Denn natürlich hat sie ihren Stimmungswandel bemerkt.

Auf ewig kann sie ihren Zustand sowieso nicht geheim halten. Schon bald wird sichtbar sein, für alle, nicht nur für die Freundin, was »mit ihr los ist«. Warum sich also weiter verstecken vor Waltraud?

»Ja, warum nicht? Du hast Recht, wir waren lange abends nicht mehr zusammen weg.«

Erleichtert atmet Waltraud auf. Dass es so einfach gehen würde, hat sie nicht zu hoffen gewagt.

»Gleich nach der Arbeit? Wollen wir gleich nach der Arbeit los?«, fragt sie.

»Ja, einverstanden«, stimmt Inge zu und erhebt sich. Nimmt ihr Tablett mit dem Geschirr, auf dem das halbe Essen liegen geblieben ist, und wendet sich zum Gehen.

»Dann also bis nachher in der Halle?«, ruft Waltraud schon fast hinterher.

Inge nickt nur. Aber Waltraud hat das Nicken wahrgenommen.

Kurz nach sechs treffen sich die Freundinnen in der riesigen, pompösen Halle. Ohne sich anzusehen, verlassen sie nebeneinander durch die trotz der schon kühlen Abende offen stehenden, hohen Türen das Gebäude.

»Wie immer? Ins »Eck?«, fragt Waltraud.

Inge nickt. Waltraud seufzt. »Wenn sie weiter so gesprächig ist ...«, denkt sie.

Nachdem sie in »ihrer« urigen, verräucherten Eckkneipe einen Zweiertisch gefunden und ein Bier bestellt haben, sitzen sie sich, immer noch schweigend, gegenüber. Als die Stille zwischen ihnen zu explodieren droht, hält Waltraud es nicht mehr aus:

»Wir haben lange nicht mehr miteinander gesprochen. Ich meine, über Wesentliches«, beginnt sie.

Inges Hände liegen gefaltet auf dem Tisch und scheinen sie so sehr zu interessieren, dass sie schweigend und unverwandt auf sie starrt.

»Inge.« Waltraud gibt nicht auf. »Du hast dich verändert. Seit einiger Zeit bist du − na ja, nicht mehr so wie früher. Nicht mehr offen und fröhlich. Und meistens gut gelaunt. Nicht nur ich habe das festgestellt.«

Die Freundin betrachtet weiter ihre Hände. Und schweigt.

»Inge, was ist los? Irgendetwas bedrückt dich doch. Ist was mit Kurt? Ist ihm was zugestoßen? Ist er gar …?«

Langsam lässt Inges Blick die Hände los. Sie schüttelt den Kopf. Schweigt aber noch immer.

»Mein Gott, Inge, so rede doch! Sag mir, was passiert ist! Mir kannst du es doch sagen. Ich bin doch deine Freundin. Und ich werde auch mit niemand drüber reden.«

»Ich erwarte ein Kind, Waltraud.«

SIEBZEHNTES KAPITEL

elches Geheimnis wollte die Mutter da mit ins Grab nehmen? »Es war eben sehr schön« war keine Antwort, geschweige denn eine Erklärung. Die Mutter hatte die Augen wieder geschlossen. Das Lächeln war aus ihrem Gesicht verschwunden. Sie schien völlig in sich versunken.

Was sollte die Tochter von diesem Satz halten: »Es war eben sehr schön«? Sie begann, tief in ihren Erinnerungen zu graben. Wie war das damals gewesen? Es war so lange her. Fiel schwer, sich an Einzelheiten zu erinnern.

Damals waren sie bis Barcelona geflogen und von dort aus mit dem Zug zur Costa del Sol gereist. Das Hotel gehörte zur gehobenen Mittelklasse, man konnte sich durchaus wohlfühlen. Der Service war hervorragend. Die Tochter erinnerte sich an einen nicht mehr ganz jungen Kellner, der die Familie mit besonderer Aufmerksamkeit bedacht hatte. Ständig kam er an ihren Tisch, um sich zu erkundigen, ob alles in Ordnung sei oder ob es noch Wünsche gebe. Sie, die Tochter, hatte diese übertriebene Fürsorge genervt, aber da sie damals in Gedanken gerade mit einer verquasten Beziehung beschäftigt war, hatte sie sich nicht weiter für das Interesse des Kellners interessiert.

Jetzt erinnerte sie sich wieder, wie erstaunt, auch ein wenig irritiert sie wahrgenommen hatte, dass die Mutter anders als gewohnt mit dem Vater umging. Wie weggewischt die mürrische, bisweilen leicht gereizte Sachlichkeit, Grundstimmung zu Hause, vor allem von der Mutter praktiziert. Nun herrschte eine entspannte Heiterkeit zwischen dem Paar, es gab sogar ab und an eine kleine zärtliche Berührung, etwas, das bei ihren Eltern noch nie vorgekommen war. Jedenfalls hatte die Tochter nie auch nur die leiseste Andeutung einer solchen Geste bemerkt.

Damals hatte sie sich überhaupt nicht um die Beziehung ihrer Eltern gekümmert, war zu beschäftigt mit eigenen Verwirrungen gewesen, hatte sich nicht gefragt, ob die Eltern sich noch liebten, ob sie noch miteinander schliefen, ob sie sich überhaupt je geliebt hatten, ob Liebe sie zusammengebracht hatte.

Langsam ließ die Tochter den für die Mutter so bedeutsamen, für sie, die Tochter, nicht im Mindesten herausragenden Spanien-Urlaub in Gedanken vorbeispazieren.

Nahezu jeden Tag hatten sie am Strand verbracht. Räkeln in der Sonne, Schwimmen im klaren, aber für diese Jahreszeit bereits zu warmen Meer, Dösen unterm Sonnenschirm, Ball- und Federballspiele im Sand – all das in munterem Wechsel, zum Teil in Gesellschaft von Strand- oder Hotelbekanntschaften. Die Mutter hatte es ruhiger geschätzt, lag meist träge im Liegestuhl, die Augen geschlossen oder auf eine Zeitschrift gerichtet.

Aber – nicht den ganzen Tag. Erst jetzt fiel der Tochter ein, was sie damals für normal gehalten hatte, weil die Mutter ja immer wieder betont hatte, dass Strandurlaub nicht ihre Sache sei. Oft war sie also am Nachmittag nicht mit ihnen an den Strand gegangen, hatte sich unter irgendeinem Vorwand verabschiedet, wollte etwas besorgen, etwas anschauen oder einfach shoppen.

Einmal hatte sie sich sogar gleich nach dem Frühstück abgeseilt, weil sie den Tag in – war es Marbella, war es Torremolinos? – verbringen wollte, war dann in einen Bus gestiegen und erst zum Abendessen wieder ins Hotel zurückgekehrt.

Wie hatte die Mutter damals die Nachmittage und den einen ganzen Tag wirklich verbracht? War sie allein gewesen? Hatte sie Gesellschaft gehabt? Und wenn ja, wer war ihr Begleiter oder ihre Begleiterin gewesen? Waren es diese Nachmittage und dieser eine Tag, die sie so veränderten, so heiter und beschwingt durch jenen Urlaub flattern ließen? Die die Tage überstrahlten und offenbar ihren Zauber bis heute behalten hatten?

Nachdenklich schaute die Tochter auf die offenbar schlafende Mutter. Sie war irritiert. Bis jetzt hatte sie angenommen, die Mutter habe nie Interesse an Sex gehabt. So, wie sie mit dem Vater umgegangen war, sich jeder körperlichen Annäherung verweigerte, war eine sexuelle Beziehung zwischen den beiden nicht vorstellbar gewesen. Jetzt aber keimte allmählich ein Verdacht in der Tochter.

Hatte es an der Costa del Sol einen Begleiter gegeben, mit dem sie einen Teil der Urlaubstage verbracht hatte?

Damals, erinnerte sich die Tochter, hatte am Nebentisch im Speisesaal ein alleinstehender Mann mit seinem etwa zehnjährigen Sohn gegessen. Aber der war immer mit seinem Sohn zusammen gewesen, auch an den Nachmittagen, an denen die Mutter sie nicht begleitet hatte, war er am Strand gewesen. Der konnte also aus ihrer Erinnerungsliste gestrichen werden.

Die übrigen Männer waren doch alle in Begleitung ihrer Frauen dort gewesen. Aber vielleicht war die eine oder andere Frau nachmittags allein ans Meer gekommen.

Hier ließ die Tochter ihr Gedächtnis im Stich. Sie hatte damals nicht darauf geachtet, wer aus dem Hotel am Strand war, allein oder zu zweit. Warum auch? Es gab keinen Grund, sich für die An- oder Abwesenheit der anderen Hotelgäste zu interessieren.

Die Eis-, Souvenir- oder Hutverkäufer, die von Zeit zu Zeit am Strand auftauchten, kraftvoll auf der Suche nach willigen Abnehmern ihrer Ware durch den Sand stapften und wieder verschwanden, kamen auch nicht in Frage. Viel zu jung. Außerdem hatte gar kein Kontakt stattgefunden, denn die Mutter hatte jedes Mal, wenn einer dieser Jungs seine Habseligkeiten lautstark anpries und mit seinem Wagen den schmalen, feuchten Saum am Rand des bewegten, sprühenden Wellenbandes durchpflügte, ironische Kommentare zu all diesem Ramsch abgegeben.

Nein, der Tochter fiel kein Kandidat für die Nachmittagsgestaltung der Mutter ein. Vielleicht bildete sie sich das alles auch nur ein.

An einen anderen Urlaub mit den Eltern erinnerte sie sich dagegen viel intensiver, mit Unbehagen und mit Wut. Damals war es tatsächlich Italien gewesen. Und es war Sommer. Durch Zufall waren sie in einem Restaurant am Meer in eine Animations-Veranstaltung geraten. Es gab Vergnüglichkeiten wie »Die Reise nach Jerusalem« für Erwachsene und »Apfelsinentanz«, bei dem Männlein und Weiblein mit einer Apfelsine zwischen ihren Stirnen tanzen sollten, ohne dass die Apfelsine zu Boden fiel. Ein munterer Conférencier heizte mit sich überschlagender Stimme am Mikrofon kräftig ein. Die Mutter war durch kreischend lachende Begeisterung aufgefallen, sodass der Conférencier sie auf das Podium bat und ihr die Rolle der Schiedsrichterin übertrug. Als der

Animateur begriff, dass da auch noch eine Tochter saß, wurde die ebenfalls aufs Podium zitiert, um mit einem wildfremden, für ihr Gefühl uralten Mann die Apfelsine vor dem Fallen zu bewahren.

Der damals sechzehnjährigen Tochter waren sowohl das Gebaren der Mutter als auch die Veranstaltung maßlos peinlich gewesen. Am liebsten wäre sie schreiend geflüchtet.

Später im Auto auf der Fahrt zum Hotel hatte die Mutter ihre eigene Fröhlichkeit und Spontaneität, ihren Witz gepriesen: »Deine Mutter hat immer noch Temperament, mehr als ihre Tochter! Du warst wirklich entsetzlich steif und verklemmt.«

»Ich fand's peinlich!«

»Mein Gott, was bist du humorlos. Alle waren begeistert von der Show und auch von mir. Ja, deine Mutter hat immer noch Chancen.« »Nicht wahr?« wandte sie sich kokett an den Vater. Aber der hatte geschwiegen.

Um zu prüfen, ob die Mutter tatsächlich schlief, ließ die Tochter beim Aufstehen den Stuhl leicht über den Dielenboden schrappen. Keine Reaktion. Wieder ein kleines Erschrecken. Lebte sie noch oder ...? Angestrengt starrte die Tochter auf die Bettdecke, um nach ein paar Sekunden erleichtert festzustellen, dass sich die, wenn auch kaum zu bemerken, noch leicht hob und senkte.

Diese bewegungslosen, inhaltsleeren Tage setzten der Tochter zu, machten sie müde. Der totale Stillstand. Was würde sein, wenn der beantragte Urlaub zu Ende war, das Kontingent ausgeschöpft? Würde man ihr, dem Mitglied im Management, entgegenkommen und ihr eine weitere – bezahlte – Zeitspanne gewähren? Wenn bis dahin der Dieb sich nicht geholt hatte, worauf er schon so lange lauerte?

ACHTZEHNTES KAPITEL

*E*nde November kommt wieder ein Brief von Kurt. Im ersten Impuls will Inge ihn ungeöffnet zerreißen. Aber dann kann sie nicht anders, sie will wissen, was er schreibt.

Er ist besorgt, weil er so lange nichts von ihr gehört hat. Ist alles in Ordnung mit ihr? – Nein, nichts ist in Ordnung! – Hat sie eine Entscheidung bezüglich der Schwangerschaft getroffen? – Nein, hat sie nicht! – Er wird nach Berlin kommen. Ein paar Tage Fronturlaub. Nicht zu Weihnachten zwar, aber in der ersten Hälfte Dezember. Er will sie unbedingt sehen. Denn – und das ist für Inge das einzig Wesentliche in seinem Brief – er liebt sie. *Ich liebe dich so sehr,* steht da, und *ich habe unendliche Sehnsucht nach dir. Es vergeht kein Tag, an dem ich nicht an dich und unsere gemeinsamen Tage und Nächte denke, meine Liebste.*

Aber warum bekennt er sich dann nicht zu ihr? Und zu dem Kind. Seine Bedenken aus dem letzten Brief versteht sie einfach nicht. Allerdings erwähnt er die in diesem Brief nicht mehr. Mit keinem Wort.

Es könnte doch alles so einfach sein: Wenn er Fronturlaub hat, könnten sie heiraten, sie könnten sich beide auf das Kind freuen, vielleicht würde er öfter Fronturlaub bekommen, wenn sie eine Familie wären, vielleicht wären auch noch andere Vergünstigungen drin, sie würde erst einmal aufhören zu arbeiten, solange das Kind klein ist, würde sie zu Hause bleiben, später, wenn der Krieg zu Ende ist und alles wieder normal läuft, würde Kurt wieder in seiner alten Firma arbeiten und für sie und das Kind sorgen.

All das will er offenbar nicht. Schreibt aber, wie sehr er sie liebt. Sie bringt das nicht zusammen.

Über diesen Brief muss sie mit Waltraud sprechen. Die Freundin hatte auf ihr Geständnis in der Kneipe nicht so entsetzt reagiert, wie sie, Inge, es befürchtet hatte. Erschrocken war sie und erst einmal ratlos, wusste nicht, was sie sagen sollte. Aber ziemlich rasch hatte sie sich gefasst. Im Lauf des Abends hatten sie dann die Lage von allen möglichen Seiten beleuchtet. Von einer Abtreibung hatte Waltraud ihr dringend abgeraten. Aber sie hatte ja selber gewusst, dass sie und die Person, die den Eingriff vornehmen würde, in Teufels Küche kommen konnten.

Waltraud hatte Kurts Bedenken besser verstanden als sie. Ein bisschen sehr schwarz gesehen alles, hatte sie kommentiert, aber irgendwie auch nachvollziehbar. Wer wusste denn schon, wann dieser Krieg enden würde. Und wie.

Als Inge Waltraud den letzten Brief von Kurt zeigt – sie sitzen nebeneinander auf dem Bett in Inges kleinem, aber gemütlichen Zimmer — und sie erwartungsvoll ansieht, weiß diese zunächst gar nicht, was die Freundin von ihr will.

»Ich versteh es einfach nicht«, muss Inge erklären. »Hier schreibt er, wie sehr er mich liebt. Aber von Heirat und dem Kind will er nichts wissen.«

Waltraud schüttelt den Kopf: »Aber Inge, das eine hat mit dem anderen nichts zu tun. Natürlich liebt er dich. Aber wir haben keine normalen Zeiten. Er ist als Soldat im Krieg und kann jeden Tag umkommen. Denk daran, was mit Rudolf passiert ist. Bis heute weiß ich nicht, lebt er, ist er gefallen. Ist er womöglich in Gefangenschaft geraten.

Klar, es gibt Paare, die jetzt überstürzt heiraten, aber was aus der Beziehung wird, daran denken sie nicht. Ich finde, es ehrt Kurt, dass er sich Gedanken über die Situation macht, über die Unsicherheit für die Zukunft, über Schicksalsschläge, die eintreten können.«

Inge hat den Kopf gesenkt. Keine Lust, etwas zu sagen.

»Du musst dir auch Gedanken machen, Inge«, redet Waltraud unbeirrt weiter. »Es ist mit mehr Bomben zu rechnen. Und die Versorgungslage wird sich eher verschlechtern. Du hast dann die Verantwortung nicht nur für dich, sondern auch für das Kind. Ich weiß nicht, ob du mit einem Kind hier in diesem Zimmer bleiben kannst. Vermieterinnen mögen im Allgemeinen keine ledigen Mütter, weil sie sie für leichtsinnig halten.«

»Die Wohnungsfrage ist geklärt. Ich werde demnächst zu einer Cousine ziehen.«

»Du hast Verwandte in Berlin? Davon hast du nie was gesagt.«

»An die Cousine hab ich mich auch jetzt erst wieder erinnert. Von meinen Eltern hab ich mir die Adresse geben lassen. Ich war dann bei ihr, und sie hat mir angeboten, zu ihr zu ziehen. Sie ist sehr nett. Sie wohnt allein in einer großen Wohnung.«

»Dann hast du deinen Eltern inzwischen —«

»Nein, nein«, unterbricht Inge sie. »Sie wissen noch nichts. Ich habe gesagt, dass ich die Cousine jetzt endlich mal besuchen wollte, nachdem ich schon sechs Jahre in Berlin lebe.« Nach einer Pause fügt sie hinzu: »Ich weiß, dass ich ihnen irgendwann natürlich reinen Wein einschenken muss. Aber nicht im Moment.«

»Willst du warten, bis das Kind da ist?«, fragt Waltraud, wobei ein unausgesprochenes »etwa« in ihrer Stimme mitschwingt.

»Nein, natürlich nicht. Aber im Moment bin ich nicht in

der Lage, mir die Tiraden vor allem meiner Mutter anzu-
hören.«

Anfang Dezember, genau am Nikolaustag, ist Kurt in Berlin.
Gleich nach seiner Ankunft hat er ein Zimmer, dasselbe wie
im Sommer, in »ihrem« Hotel gemietet. Inge hat er im Betrieb angerufen und sich mit ihr verabredet. Nun sitzt er mit
gemischten Gefühlen im überschaubaren Eingangsbereich
des Hotels – in dem ausladenden Sessel, in dem er schon im
Sommer gesessen und der seitdem noch mehr an Attraktivi-
tät eingebüßt hat – und wartet. Ihm ist klar, was auf ihn
zukommt. So sehr er sich auf das Wiedersehen freut, so sehr
fürchtet er auch Fragen, Diskussionen, Vorwürfe, Tränen.

Als Inge an der Glastür des Hotels erscheint, ein bisschen
außer Atem wie immer, erhebt er sich und geht langsam auf
sie zu. Auch Inge hat es nicht eilig. Ein verhaltenes Lächeln
liegt auf ihren Lippen.

Dann stehen sie sich gegenüber. Einen Moment zögert Kurt,
dann zieht er Inge sanft zu sich heran. Hält sie wieder ein
Stückchen von sich ab. Schaut ihr in die Augen. Zieht sie
wieder an sich. Küsst sie.

Erst jetzt löst sich Inges Anspannung, und sie erwidert seinen Kuss.

»Wollen wir ein bisschen spazieren gehen?«, fragt Kurt.
Inge nickt.

Kurt hofft, dass sich durch einen Spaziergang am Kanal
entlang die Harmonie und das Glücksgefühl des vergangenen
Sommers wieder einstellen wird.

Schweigend gehen sie nebeneinander her. Immer wieder
schaut Kurt Inge verstohlen von der Seite an. Die schaut vor
sich hin, trotzig und beleidigt, sieht nicht den Kanal, sieht
nicht den Mann, der neben ihr geht, sieht nur die Steine vor
ihren Füßen.

Schließlich wird Kurt dieser Schweigemarsch zu viel. Er legt den Arm um Inge, bleibt stehen und dreht sie mit leichtem Druck zu sich herum.

»Lass uns reden, Inge! Lass uns nicht die wenigen gemeinsamen Tage mit Ärger und Übelnehmen verderben.«

Inge schweigt immer noch, sieht ihn aber jetzt wenigstens an. Mit funkelnden Augen. Funkeln vor Wut. Kurt wird klar, dass es nicht einfach sein wird, Inges Verstocktheit aufzubrechen.

»Inge, was ist los?« Das ist eher eine rhetorische Frage.

»Das fragst du?«

»Ja, das frage ich. Ich liebe dich doch und das weißt du. Ich habe es dir auch geschrieben. Also, weshalb bist du so böse?«

»Warum willst du unser Kind nicht?«

Die Heftigkeit ihrer Frage macht ihn hilflos. Wie soll er darauf antworten. Das alles lässt sich nicht im Stehen und auch nicht im Gehen erklären.

»Lass uns ins Hotel gehen«, sagt er schließlich, »und in Ruhe reden.«

NEUNZEHNTES KAPITEL

*D*as fehlte noch, dass ich nach so langer Zeit und kurz vor dem Ende mein Geheimnis preisgebe! Da kann sie lange warten! Unter den geschlossenen Lidern der Mutter lief ein Film ab.

Ein grüngoldener Frühling war das gewesen, ungewöhnlich heiß schon, aber das hatte sie nicht gestört, vormittags Strand mit ein paar Tropfen lauwarmen Meerwassers und nachmittags –

An einem Nachmittag, ganz zu Anfang ihres Urlaubs, hatte sie keine Lust verspürt auf wieder und wieder Strand. Eigentlich hatte sie nur in Torremolinos ein wenig shoppen wollen. Einen weiten, blumenbedruckten Sommerrock hatte sie bereits gefunden. Jetzt machte ihr die Hitze, die sie im Allgemeinen gut vertrug, doch zu schaffen. Deshalb hatte sie sich einen schattigen Tisch in einem Gartencafé gesucht. Ein erfrischendes Getränk musste jetzt sein.

Nachdem sie die Bestellung aufgegeben hatte, lehnte sie sich entspannt in dem zierlichen Kaffeehaussessel zurück und schaute über das unentwegt sanft plaudernde Meer hinweg in die Ferne. Und dann fragte plötzlich jemand: »Verzeihen Sie, ist hier noch ein Platz frei?«

Erstaunt hatte sie sich der Stimme zugewandt. An ihrem Tisch stand ein nicht mehr ganz junger Mann, groß und schmal, weiße Hose, blaues T-Shirt, offenes weißes Hemd darüber, und schaute lächelnd auf sie hinunter.

Statt auf seine Frage zu antworten, hatte sie eine Gegenfrage gestellt: »Woher wissen Sie, dass ich aus Deutschland komme?«

»Sie haben meine Frage nicht beantwortet.«

Sie war ein wenig irritiert gewesen, hatte dann aber begriffen, was er meinte: »Ja, der Platz ist frei. Sie haben meine Frage aber auch nicht beantwortet.«

»Dieses Café wird bevorzugt von Deutschen besucht«, erklärte der Unbekannte lächelnd und nahm ihr gegenüber Platz. »Und immer, wenn ich Lust verspüre, wieder einmal meine Muttersprache zu sprechen, gehe ich in dieses Café. Seit fünf Jahren lebe ich hier und ich habe mich an meine spanische Umgebung gewöhnt. Aber von Zeit zu Zeit habe ich das Bedürfnis, deutsch zu sprechen. Und immer finde ich jemanden, der sich auf eine Unterhaltung einlässt. Heute sind Sie das Opfer!«

Der Mann hatte sympathisch gewirkt und seine Erklärung schien ehrlich zu sein. Außerdem ließ sein letzter Satz Humor und Selbstironie vermuten. Warum also sollte sie sich nicht auf ein Gespräch mit ihm einlassen? Es könnte interessant werden.

Und es war interessant geworden. So ein intensives, geistreiches Gespräch hatte sie seit vielen Jahren nicht mehr geführt. Dabei hatten biografische Geständnisse keine Rolle gespielt. Nur ihre Namen und ihre gegenwärtige Situation hatten sie ausgetauscht. Sie hatte nicht einmal erfahren, weshalb er seit fünf Jahren in Spanien lebte. Und sie hatte von sich nur preisgegeben, dass sie verheiratet war und eine Tochter hatte. Dass sie hier ihren Urlaub verbrachten, musste sie nicht erwähnen, das verstand sich von selbst.

Ihr Gespräch hatte sich auf unverfänglichen Territorien bewegt: Kunst, Literatur, Kultur in beiden Ländern. Sie hatten gestritten über den Sinn des Stierkampfs, sich berauscht an der Schönheit des Flamenco und diskutiert über die Kunst von Picasso. Auf der anderen Seite war er, dafür dass er schon so lange im Ausland lebte, erstaunlich gut informiert über die Situation in Deutschland.

Als sie mit einem Blick auf ihre Armbanduhr feststellte, dass es Zeit zum Aufbruch war, hatte er sie gefragt, ob sie vielleicht ihre Unterhaltung am nächsten Tag fortsetzen könnten, und sie hatte erfreut eingewilligt. Danach hatten sie sich an jedem Nachmittag getroffen.

Einmal hatte er ihr vorgeschlagen, mit ihr nach Málaga zu fahren und ihr die Sehenswürdigkeiten dieser andalusischen Stadt zu zeigen. Die Aussicht, etwas anderes zu sehen als immer nur den Strand – auch jeden Tag Torremolinos war ein wenig eintönig –, hatte sie begeistert. Deshalb hatte sie sich am nächsten Tag gleich nach dem Frühstück von Mann und Tochter verabschiedet mit der kategorischen Erklärung:

»Ich werde heute in Torre ein Museum besuchen. Dazu habt ihr sicher keine Lust. Gegen Abend bin ich zurück.«

Als sie an ihren entschlossenen Abschied damals dachte, musste die Mutter lächeln. Sie öffnete kurz die Augen, um zu prüfen, ob die Tochter vielleicht am Bett stand und sie beobachtete. Nein, keine Tochter in der Nähe, auch am Fenster nicht, ihrem Lieblingsplatz zur Zeit, der Geier wusste, warum. Also konnte sie weiter durch ihre Erinnerungen flanieren.

Eine Reaktion ihrer Lieben hatte sie damals nicht mehr abgewartet, hatte sich einfach umgedreht und war gegangen. Was die wohl für Gesichter gemacht haben – das hätte sie gerne gesehen, aber sie hatte keine Diskussion gewollt, wollte nur weg. Auf nach Málaga!

Der Tag war wunderschön gewesen. Was für eine herrliche Stadt mit ihrer eineinhalbturmigen, in der Sonne leuchtenden Renaissance-Kathedrale, ihrer imposanten Festung, der antiken Arena, Picassos Geburtshaus, den pompösen, alten Bauten. Das alles war so eindrucksvoll gewesen. Und hatte sie glücklich gemacht. Am Abend, wieder im Hotel, war sie ohne Abendessen, unter dem Vorwand, sie sei sehr müde, ja, geradezu erschöpft von dem langen Tag, ins Bett gegangen. Und am nächsten Morgen war ihr Ausflug kein großes Thema mehr. Sie murmelte etwas von der interessanten Geschichte von Terremolinos, die im Museum hervorragend dargestellt und präsentiert war.

Wieder huschte ein leises, triumphierendes Lächeln über das Gesicht der Mutter. Ja, die Irreführung hatte funktioniert.

Um keinen Verdacht zu wecken, hatte sie sich in diesen drei Wochen Urlaub zugänglicher und freundlicher ihrem Mann gegenüber gezeigt. Das war ihr nicht schwergefallen, denn sie hatte ja »ihre« Nachmittage, an die sich Mann und Tochter nach kurzem, brauenhebenden Stutzen schnell gewöhnt hatten. Wenn es ihr Spaß machte, nach Torre zu fahren, na gut, sie liebten den Strand und ihren frühabendlichen Sundowner.

An einem Nachmittag in der dritten Urlaubswoche nahm das Gespräch mit dem »Fremden« eine unerwartete Wendung. Er fragte sie mit leicht gedämpfter Stimme, was sie über Spanien und Franco wisse. Bisher hatte er das Thema Politik – wohlwissend oder zufällig? – gemieden. Sie hatte sich nie sonderlich für Politik interessiert, wusste aber, dass Spanien eine Diktatur war und Franco ein schlimmer Diktator. Nun aber erfuhr sie Dinge, die sie entsetzten, die sie nicht für möglich gehalten hätte. An diesem Abend fuhr sie verstört zurück ins Hotel, und sie hatte alle Mühe, sich nichts anmerken zu lassen. Am folgenden Nachmittag waren sie zu den unverfänglichen Themen zurückgekehrt.

Beim Gedanken an die schrecklichen Vorkommnisse und Aktionen, über die ihr damals berichtet wurde, war das Lächeln auf den Lippen der Mutter verschwunden, und wie im Schmerz verzog sich das Gesicht. Aber nur für einen Augenblick. Dann entspannte sich die Miene wieder. Und die angenehmen Erinnerungen tauchten wieder auf.

Das, was sie am meisten an diesem Mann, der wie aus dem Nichts erschienen war, schätzte, war, dass er nie versucht hatte, aus ihrer Beziehung eine Affäre zu machen. Nicht die leiseste Anspielung, keine anzügliche Bemerkung, geschweige denn ein eindeutiges Angebot. Immer diese zugewandte, aber auf sanfte Art distanzierte Freundlichkeit. Das hatte ihr sehr gefallen. Denn an einer Sexbeziehung war sie nicht interessiert. Seit Jahren, seit es ihre Tochter gab, war sie bewusst entwöhnt und hatte nicht vorgehabt, jetzt im mittleren Alter wieder einzusteigen. Außerdem würden diese Treffen sowieso am Ende des Urlaubs auch ihr Ende finden.

Der Abschied war ihr dann doch ein wenig schwergefallen. Wie ein kostbares Souvenir fuhr die Erinnerung an diese Nachmittage mit ihren Koffern nach Hause. Und blieb für immer verborgen. Sie würde sie jetzt nicht preisgeben. Niemals! Für nichts in dieser Welt!

ZWANZIGSTES KAPITEL

*I*m Hotel ist Fremdheit zwischen ihnen. Nicht die wilde Leidenschaft, nicht die sanfte Zärtlichkeit vom Sommer.

Inge hat sich auf das Bett gesetzt. Kurt geht langsam auf und ab. Vom Fenster zur Tür. Von der Tür zum Fenster. Bleibt am Fenster stehen. Die Hände auf dem Rücken verschlungen. Schaut aus dem Fenster. Dann dreht er sich zu Inge um.

»Das ist alles nicht so einfach, Inge. Wir haben keine normalen Zeiten. Wer weiß, wie lange der Krieg noch dauert? Wer weiß, wie alles enden wird? Die 6. Armee kämpft in Stalingrad. Man hört nichts Gutes. Bis jetzt habe ich Glück gehabt. Wenn man mich aber auch an die Ostfront schickt, ist nichts mehr sicher. In solchen Zeiten eine Familie zu gründen, das ist der helle Wahnsinn, Inge. Du hast mir nicht mehr geschrieben, aber ich gehe davon aus, dass du dich für das Kind entschieden hast.«

Kurt bleibt vor Inge stehen, die immer noch auf dem Bett sitzt, und schaut fragend auf sie hinunter.

Die hebt den Blick nicht, nickt aber und sagt leise: »Ja, ich will das Kind. Es wird mich immer an unsere Liebe erinnern.« Und dann, unvermittelt heftig, bricht es aus ihr heraus: »Warum können wir nicht noch ganz schnell heiraten? So viele tun das. Warum nicht wir? Liebst du mich nicht mehr?«

Kurt bleibt ganz ruhig. »*Du weißt, dass ich dich liebe, Inge. Sehr sogar. Mehr als alles auf der Welt. Und wenn der Krieg zu Ende ist, werden wir auch über eine Heirat sprechen. Aber bis dahin will ich nicht, dass du dich fest an mich bindest. Es kann sein, dass ich nicht zurückkomme, es kann sein, dass ich als vermisst gemeldet werde. Dann sitzt du unter Umständen jahrelang da und wartest. Wagst nicht, eine neue Beziehung einzugehen, obwohl es mich vielleicht gar nicht mehr gibt.*«

»*Und was ist mit dem Kind? Wie stehe ich da – unverheiratet mit Kind? Meinen Eltern traue ich mich gar nicht, das zu sagen. Die werden entsetzt sein. Werden mich beschimpfen. Mich verstoßen!*«

Kurt muss lächeln über die dramatische Ausdrucksweise, wird aber gleich wieder ernst: »*Ja, das Kind –... Das ist auch meine Schuld. Wir hätten vorsichtiger sein müssen, es nicht so weit kommen lassen dürfen. Aber nun ist es, wie es ist. Du hast dich für das Kind entschieden, und ich werde dich, so gut ich kann, unterstützen, damit ihr im Alltag zurechtkommt. Wirst du dein Zimmer behalten?*«

»*Nein, ich ziehe zu einer Cousine.*«

»*Das ist gut, dann hast du Hilfe von einer Verwandten und stehst nicht völlig allein mit dem Kind da. Hier in Berlin lebt ein Ehepaar, das mit meinen Eltern befreundet ist. Die Leute haben früher in Stettin gelebt. Ich werde sie bitten, sich um dich zu kümmern.*«

Da Inge schweigt, fährt er fort: »*Die beiden sind sehr nett und hilfsbereit. Wer weiß, wie sich die Versorgungslage noch entwickeln wird. Sie können dir vielleicht helfen, wenn du in Schwierigkeiten bist. Sie sind nicht gerade unbemittelt und haben ein beachtliches Organisationstalent. Das haben sie schon ein paar Mal unter Beweis gestellt.*«

Er redet und redet, nur um davon abzulenken, dass er nicht bereit ist, zu dem Kind zu stehen. Und zu mir. Denkt Inge. Hat er überhaupt eine Vorstellung davon, wie's mir geht? Wie ich mich fühle? Allein gelassen mit dem Kind. In diesen Zeiten.

»Hast du vor, noch weiter zu arbeiten?«, unterbricht Kurt ihre Gedanken.

»Ich weiß es nicht. Ich weiß überhaupt nichts mehr.« Inge kann die Tränen nicht mehr zurückhalten. Schluchzend wirft sie sich auf die Kissen.

Kurt seufzt. Er mag solche theatralischen Ausbrüche nicht. Aber er versteht ihre Verzweiflung. Zumindest ein bisschen. Schließlich liebt er sie.

Er setzt sich neben sie auf das Bett und spricht sanft auf sie ein: »Lass uns nicht weiter streiten, Inge, es ist schade um die Zeit. Hör zu: Wenn das Kind da ist, werde ich mit dir zum Standesamt gehen und die Vaterschaft anerkennen. Und wenn der Krieg zu Ende ist und ich einigermaßen heil heimkehre, werden wir heiraten. Das verspreche ich dir!«

Es werden dann doch noch sechs ganz hübsche Tage. Inge hat für diese Zeit Urlaub genommen, sodass sie die Tage in voller Länge für sich haben. Aber die Spaziergänge am Kanal haben die helle Leichtigkeit des Sommers verloren. Jetzt drängt sich freche, kalte Dezembernässe durch ihre Kleider bis auf die Haut und lässt sie ziemlich schnell zurückkehren in die schwüle Wärme des Hotelzimmers.

Diesmal mehr Zärtlichkeit als Leidenschaft. Eine leise Traurigkeit legt sich als unsichtbarer Schleier über ihr Zusammensein, verlässt sie nicht, selbst in den Momenten tiefster Verbundenheit.

Und dann ist – nach reichlich Umarmungen, Küssen und Tränen im Überfluss – Kurt wieder fort. Auf dem Weg in den Kriegswahnsinn des Führers.

EINUNDZWANZIGSTES KAPITEL

Fast lautlos hatte die Tochter das Schlafzimmer der Mutter verlassen, war in die Dunkelheit des Wohnzimmers eingetaucht. Erst jetzt wurde ihr bewusst, dass ein weiterer Tag sich verabschiedete. Sie musste das Dunkel verjagen, das sie wie ein schwarzer Käfig umfing und ihr plötzlich Angst machte. Mit flatterndem Atem tastete sie sich voran bis zur Stehlampe – die Deckenbeleuchtung war seit Wochen defekt –, setzte den Fuß auf den Bodenschalter, war nun endlich wieder umhüllt von Licht.

Prüfend schaute sie sich um. Was erwartete sie? Dass unvermittelt ein Fremder in ihren selbstgesponnenen Kokon eingedrungen war? Dass Geister sie bedrohten?

Kopfschüttelnd über sich selbst ging sie zum Fernseher, schaltete ihn ein. Es war Nachrichtenzeit. Auf die, wenigstens auf die täglichen Nachrichten wollte sie auf keinen Fall verzichten. Ohne die würde sie sich wie ausgebürgert aus der Welt fühlen.

Erschöpft – erst jetzt wurde ihr bewusst, wie müde sie der tagelange Stillstand machte – ließ sie sich in den bequemen Fernsehsessel fallen, der bis jetzt nur der Mutter vorbehalten war. Sie drückte auf den Knopf für die Kippmechanik, das Fußteil hob sich, das Kopfteil senkte sich.

Nein, sie machte die Bewegung sofort wieder rückgängig. Zu gefährlich. Im Liegen drohte sie einzuschlafen. Und dann hörte sie die Rufe der Mutter nicht.

Die Nachrichten vermochten nicht, die trübe Stimmung zu vertreiben. Konflikte, Kriege, Krankheit, Armut und dergleichen Hiobsbotschaften mehr. Auch dem Sportteil gelang es nicht, sie zu begeistern. Lediglich das Wetter bot Anlass zur Freude: Das Hoch, das sich seit Tagen in dieser Gegend eingenistet hatte, verspürte auch weiterhin keine Lust, sich zu verabschieden. Aber das hatte für die Tochter keine Bedeutung, denn sie war zur Zeit ans Haus gebunden.

Mit einem Seufzer stand sie auf, war im Begriff, den Fernseher auszuschalten. Aber dann zögerte sie; erst noch einmal nach der Mutter sehen, ob sie noch schlief. Wenn das der Fall war, könnte sie ja in die Fernseh-Zeitschrift schauen, ob das Programm etwas bot, das sie interessieren könnte. Wäre ja ganz schön, nach Wochen der Abstinenz wieder einmal einen guten Film zu sehen.

Aber das Programm hatte kein Highlight parat. Kein hinreißender Film, keine tiefschürfende Doku. Die von der Mutter bevorzugten Musiksendungen ließen sie kalt. Also wurde der Bildschirm dunkel. Trotzdem wollte sie noch ein wenig im Wohnzimmer bleiben.

Erneut war es das geheiligte Sitzmöbel der Mutter, das sie für sich wählte. Wirklich bequem dieser Sessel. Und verführerisch die Kipp-Automatik. Aber auch jetzt unterdrückte sie die Versuchung und beließ die Rückenlehne in fast aufrechter Position. Auch wenn sie die Augen schloss, würde sie in dieser Haltung wohl nicht einschlafen. Das hoffte sie zumindest.

»Es war eben sehr schön.« Dieser geheimnisvolle Satz der Mutter ließ ihr keine Ruhe. Sollte die Mutter wirklich das begangen haben, was sie dem Vater immer wieder im Verlauf ihrer gemeinsamen Jahre vorgeworfen hatte: Ehebruch? Ohne dass sie, die Tochter, und der Vater auch nur eine Ahnung davon gehabt hatten?

Nein, eigentlich konnte das nicht sein. Wie hatte die Mutter sich immer moralisch entrüstet, wenn ihr aus der redseligen Nachbarschaft Geschichten von untreuen Männern und Frauen zugetragen wurden. Wie argwöhnisch hatte sie über die Jungfräulichkeit der Tochter gewacht, als die in stürmischen Pubertätszeiten drohte, aus dem Ruder zu laufen. Was schließlich auch geschah – ohne Wissen der Mutter. Über Sexualität wurde in der Familie – wenn überhaupt – nur in Andeutungen gesprochen. Kenntnisse von den aufregenden Geheimnissen zwischen Mann und Frau hatte die Tochter ausschließlich von Schulfreundinnen. Die ganze Kindheit über war einzig und allein der Klapperstorch der Glücksbote gewesen, der die Babys in elegantem Sinkflug den jubelnden Müttern in den Schoß legte.

Nein, unmöglich! Nie und nimmer! Das passte einfach nicht zur Mutter: Ehebruch.

Und doch –...

Als sie einzuschlafen drohte, trotz der aufrechten Position im Mutter-Sessel, erhob sich die Tochter, bewegte sich zögernd ins Schlafzimmer der Mutter, blieb am Fußende des Betts stehen. Ja, die Mutter schlief noch. Ganz entspannt war ihr Gesicht, auf ihren Lippen noch der sanfte Hauch eines Lächelns.

Eine – allerdings nur kümmerliche – Wut regte sich in der Tochter. Ja, da lag sie und lächelte im Schlaf, träumte wahrscheinlich von dem Urlaub in Spanien und von ihrem Liebhaber. Aber dann pfiff sich die Tochter zurück. Sie wusste doch gar nichts. Hatte nur Vermutungen angestellt. Ihre Phantasie war mit ihr in unerhörte Gefilde davongaloppiert. Abgedriftet von jeder Realität.

Und doch!

Und doch hatte die Tochter immer wieder im Lauf ihres ewigen Zusammenlebens das Gefühl gehabt, die Mutter verschweige etwas. Was das war? Wie sollte sie das wissen, wenn es verschwiegen wurde? Es musste aber etwas Wesentliches sein. Hing es vielleicht mit jenem Urlaub zusammen? Mit jenen ungeklärten Nachmittagen? Und dem ungeklärten Tag?

Der Blick der Mutter traf sie ganz plötzlich.

Erschrocken zuckte die Tochter zusammen. Der Blick schien sie zu durchbohren. Das Lächeln auf den Lippen der Mutter war verschwunden. Sie atmete schwer. Das Gesicht war gespannt. Würde jetzt wieder einer ihrer Hustenanfälle folgen? Irgendwann wird sie daran ersticken.

Langsam wurde die Atmung wieder ruhiger. Die Gesichtszüge entspannten sich. Aber das Lächeln kehrte nicht zurück.

»Du bist noch wach?«, wehte es aus den Kissen, kaum zu verstehen. »Geh schlafen, Kind!«

»Aber, Mutti, du wolltest doch nicht, dass ich dich allein lasse.«

»Doch, doch, du musst schlafen.«

Zögernd ging die Tochter zum Bett, beugte sich über die Mutter, hauchte fast widerwillig einen Kuss auf ihre Stirn.

»Dann Gute Nacht, Mutti! Bis morgen früh! Schlaf gut. Und wenn was ist, ruf mich. Ich hab einen leichten Schlaf.«

ZWEIUNDZWANZIGSTES KAPITEL

*I*nge kehrt an ihren Arbeitsplatz zurück. Obwohl sie nicht besonders rund ist, wissen inzwischen alle längst Bescheid. Getuschel hat es sicher gegeben, hinter ihrem Rücken. Aber bemerkt hat sie davon nichts. Die Vorgesetzten haben ihre Mitteilung gelassen zur Kenntnis genommen und lediglich bedauert, dass sie sie bald für eine Weile als Mitarbeiterin entbehren müssen.

Nun ist der Beginn der Mutterschutz-Zeit nicht mehr weit. Zu ihrer Cousine ist sie umgezogen, als ihr Zustand nicht mehr zu verbergen war. Ihre Zimmerwirtin hat alles andere als gelassen reagiert, sich fürchterlich echauffiert, sie beschimpft und eine Hure genannt. Wenn sie das gewusst hätte ...! Nein, länger hätte Inge in dieser Umgebung nicht bleiben können.

Waltraud ist die Einzige, die weiß, weshalb Inge Urlaub genommen hat. Als sie sich am Mittag in der Kantine treffen, versucht sie in Inges Gesicht zu lesen, schon vor einem Gespräch zu erkennen, wie wohl Inges Tage mit Kurt verlaufen sind und in welcher Stimmung die Freundin deshalb ist.

»Wollen wir reden?«, fragt Waltraud leise, als sie in der Schlange vor der Essensausgabe stehen.

»Ja, aber nicht hier«, gibt Inge ebenso zurück.

»Also wie üblich? In unserer Kneipe?«, fragt Waltraud,

als sie auf zwei freien Plätzen am Fenster Platz genommen haben.

»Nee, nicht in der Kneipe. Da is' es in der letzten Zeit immer so laut. Lass uns doch drüben ins Café gehen.«

»Dahin, wo alles angefangen hat«, versucht Waltraud zu scherzen.

Aber Inge ist nicht zum Lachen zumute. »Wirklich angefangen hat's ja in der Kneipe. Im Café, das war ja schon die Fortsetzung.«

»Stimmt. Aber in der Kneipe war noch alles offen. Das musst du zugeben.«

»Ja.« Inge seufzt tief. Plötzlich hat sie keinen Appetit mehr. Schiebt den Teller beiseite, auf dem noch fast das ganze Essen liegt.

»Bereust du's?«

Inge schüttelt den Kopf. »Nein, die Zeit mit Kurt nicht. Aber auf die Folgen könnte ich verzichten.«

Dazu sagt Waltraud nichts. Es wäre jetzt nicht angebracht, die Schlaue zu spielen. Die, die ja von Anfang an gewusst hat, wie es kommen könnte. Kommen musste. Die deshalb ein verabredetes Treffen gleich grundsätzlich abgelehnt hat.

Kurz nach sechs ist das kleine Café leer, und der Gastwirt, der seine besten Jahre hinter sich hat, ist im Begriff zu schließen. Wer soll jetzt noch kommen? Eine Stunde, bevor sowieso Schluss ist.

So hält sich seine Begeisterung in Grenzen, als zwei junge Damen das Lokal betreten und zielstrebig auf einen der kleinen Tische zugehen, um dort Platz zu nehmen.

»Eijentlich wollt ick jrade dichtmachen. Aber 'n Kaffe könn'n die Damen natürlich noch kriejen«, ist seine freundliche Begrüßung.

»Na, bis sieben müssen Sie doch sowieso offen haben, könnte

doch noch jemand kommen. Sehen Sie ja an uns«, gibt Inge leicht gereizt zurück.

»Ja, ein Kaffee wäre nett.« Mit ihrer verbindlichen Art nimmt Waltraud dem Wirt den Wind aus den Segeln.

»Na, denn will ick mal«, sagt er, obwohl er eigentlich überhaupt nicht wollte und eigentlich auch etwas anderes sagen, und trollt sich schlurfend Richtung Küche.

Als er außer Hörweite ist, holt Waltraud tief Luft. Fragt – nur gerade so laut, dass Inge es hört: »Wie waren die Tage mit Kurt?«

Erst einmal Stille, zum Greifen schwer. Inge schaut gedankenverloren auf ein Werbeplakat für Kaffee an der Wand. Dann, nach einer ganzen Weile, schüttelt sie den Kopf, sagt – Waltraud hat Mühe, sie zu verstehen: »Nichts. Nichts hat sich geändert. Er bleibt bei seiner Einstellung. Hält den Zeitpunkt, ein Kind zu bekommen, für ungeeignet. Auch von Heirat will er nichts wissen.« Was er sonst noch gesagt hat, verschweigt sie erst einmal.

»Also – er lässt dich einfach sitzen? Lässt dich allein mit dem Kind? Warst du also nur ein Urlaubsabenteuer?« Waltraud ist empört.

Inge senkt den Blick. Ganz so mies will sie Kurt nun doch nicht dastehen lassen. Schließlich liebt sie ihn.

»Na ja, ganz so ist es nicht. Wenn das Kind da ist, will er die Vaterschaft anerkennen.«

»Na wenigstens etwas. Aber im Prinzip lässt er dich doch sitzen. Wie stellt er sich das vor? Wie sollst du mitten im Krieg ein Kind durchbringen? Hat er dir vielleicht den »Lebensborn« vorgeschlagen?«

»Um Gottes Willen, nein!« Inge reagiert entsetzt. »Daran habe ich überhaupt noch nicht gedacht. Und er sicher auch nicht. Jedenfalls hat er nichts in dieser Richtung erwähnt.«

»Aber wie willst du für dich und das Kind sorgen? Traust

du dir das zu: Arbeit und Kind? Wo willst du das Kind las-
sen, während du arbeitest? Und arbeiten musst du. Ohne
Arbeit kein Geld und ohne Geld kein Überleben.«

»Ja, ich weiß.« Inge kann die Tränen kaum noch zurück-
halten.

Der Wirt erscheint mit einem Tablett, setzt langsam mit
leicht zittriger Hand erst ein weißes Steingutkännchen, dann
ein zweites, danach zwei Porzellan-Tassen mit Goldrand,
eine Zuckerdose und ein kleines bauchiges Gefäß – ebenfalls
aus Steingut – gefüllt mit Kondensmilch auf den Tisch.

»So, bittschön, die Damen!« Einen Augenblick bleibt er am
Tisch stehen, als wolle er noch etwas sagen. Als die beiden
Angesprochenen ihn erwartungsvoll ansehen, wendet er sich
mit einem Ruck ab und verschwindet wieder in der Küche.

Erst einmal sind die Freundinnen jetzt beschäftigt – ein-
gießen, Zucker und Milch dazugeben, rühren, rühren, rüh-
ren. Jede schaut gebannt in ihre Tasse, als spielten sich dort
weltbewegende Dinge ab.

Nach dem ersten Schluck vom heißen Kaffee lehnt sich Wal-
traud auf ihrem Stuhl zurück, sieht Inge an und sagt: »Es
gibt natürlich noch eine Möglichkeit.«

Erstaunt sieht Inge, die immer noch interessiert den Inhalt
ihrer Tasse prüft, hoch. »Und welche?«

»Du könntest das Kind zur Adoption freigeben.«

Dieser Vorschlag macht Inge erst einmal sprachlos. Wal-
traud kann fast sehen, wie es in Inges Kopf arbeitet.

»Nachdem ich es neun Monate mit mir herumgetragen
habe, soll ich es weggeben?«, fragt Inge schließlich und schüt-
telt den Kopf. »Zu fremden Leuten? Nein, kommt nicht in
Frage!«

»Hast du eine bessere Idee?« Die Frage ist nicht so ironisch
gemeint, wie sie klingt.

»Nein, natürlich nicht!« Die Antwort kommt ziemlich patzig.

Waltraud lässt ein paar Sekunden verstreichen, dann sagt sie – nun wieder ruhig und ganz sachlich: »Inge, ich kann verstehen, dass dieser Gedanke erst einmal schrecklich für dich ist. Das eigene Kind abzugeben, nicht zu wissen, in welche Umgebung es kommt, zu welchen Menschen, wie es sich entwickelt. Das ist schlimm. Aber wenigstens kannst du sicher sein, dass das Kind versorgt ist. Denn ich weiß, dass Adoptiveltern sehr sorgfältig ausgewählt werden. Sie müssen vierzig Jahre alt sein und werden regelmäßig vom Jugendamt begleitet und kontrolliert.«

»Kann man in Kontakt mit dem Kind bleiben?«

»Nein, das ist leider nicht möglich.« *Waltraud seufzt.* »Die ganze Geschichte läuft absolut anonym. Du darfst nicht erfahren, wer die Adoptiveltern sind, und sie dürfen nicht wissen, wer die leibliche Mutter ist.«

»Woher weißt du das alles?«, *wundert sich Inge.*

»Letztes Jahr, als die Geschichte mit Rudolf lief und er schließlich wieder an die Front musste, da habe ich kurze Zeit gedacht, ich sei schwanger. War dann aber doch nicht so. Als das noch nicht klar war, habe ich mich erkundigt, wie so eine Adoption abläuft.«

»Das wusste ich gar nicht, dass du Angst hattest, schwanger zu sein.«

»Klar. Ich hab ja auch niemand was gesagt. Wollte keine Pferde scheu machen. War dann ja auch falscher Alarm.« *Ein Lächeln huscht über Waltrauds Gesicht, ein Lächeln, das nach innen geht und nicht nach außen, das nicht Inge gilt, sondern einzig und allein ihrer Erinnerung. Der Erinnerung, wie erleichtert und froh sie war, dass sie in diesen Zeiten kein Kind erwarten würde. Später einmal, ja, aber nicht jetzt, da alles ungewiss war: der Verlauf des Krieges, seine Dauer und das Schicksal von Rudolf.*

Nein, sie beneidet Inge nicht. Die steckt in einer verzweifelten

Situation, in der man nur alles falsch machen kann, wie man sich auch entscheidet. Nein, wirklich nicht, um nichts in der Welt würde sie mit ihr tauschen wollen.

Da Inge gedankenverloren in ihrem Kaffee rührt und das Thema anscheinend für beendet hält, setzt Waltraud das Gespräch fort:

»Hat Kurt denn Vorstellungen davon, wie das werden soll, wenn das Kind da ist? Ich meine, hat er sich Gedanken gemacht, wie du dich und das Kind durchbringen sollst?«

»Ja«, zögernd, beinahe widerstrebend gibt Inge Auskunft. »Ich soll mich bei einem Ehepaar hier in Berlin melden, Freunden seiner Eltern, die würden mich unterstützen.«

Aha, ist er also doch nicht so ein verantwortungsloser Schweinehund! Denkt Waltraud, behält diese Erkenntnis aber für sich. »Na, das ist doch wenigstens etwas«, sagt sie. »Und hat er Pläne für die Zeit nach dem Krieg?«

»Er hat gemeint, wir könnten dann über eine Heirat reden.«

Interessant! Was da wohl noch so alles herauskommt?! Wieder denkt Waltraud nur. Und sagt gar nichts. Denn ein Kommentar zu Inges »Geständnis« würde unfreundlich ausfallen.

»Dürft' ick de Damen nu mal bitten, mein jastliches Etablissemang zu verlassen? Es is' sieben, und ick will dichtmachen! Feierabend, vastehn Se?« Die Rechnung hat der Wirt gleich mitgebracht.

»Denk noch mal über eine Adoption nach!«, empfiehlt Waltraud beim Abschied.

Bei den nächsten Kantinentreffen ist das Thema Schwangerschaft erst einmal tabu. Der übliche Büroklatsch sorgt für Gesprächsstoff. Aber dann, zwei Wochen nach ihrem Gespräch im Café, fragt Waltraud: »Wann beginnt der Mutterschutz?«

»Mitte Februar.«

»Bist du schon in einem Krankenhaus angemeldet?«

»Ja, in Zehlendorf.«

»Da bist du sicher gut aufgehoben. Und hast du schon eine Entscheidung getroffen?«

Inge weiß natürlich, was gemeint ist, stellt sich aber dumm: »Eine Entscheidung? Worüber?«

»Über eine Adoption«, sagt Waltraud so leise, dass es unerwünschte Lauscher am Nachbartisch nicht hören können.

Inge antwortet nicht sofort, kostet die Spannung der Freundin aus. Erst als die sie fragend ansieht, sagt sie ebenso leise: »Ja, ich habe noch einmal drüber nachgedacht. Und mit dem Arzt und der Hebamme gesprochen. Es ist wahrscheinlich das Beste für das Kind, wenn es in sichere, geordnete Verhältnisse kommt, das heißt zu einem Ehepaar, wo es dann quasi Vater und Mutter hat. So schwer mir das auch fällt – ich hab eingesehen, dass das wohl die vernünftigste Lösung ist.«

»Hast du das im Krankenhaus schon bei der Anmeldung gesagt?«

»Ja.«

»Was passiert dann nach der Entbindung?«

»Komm, lass uns rausgehen und im Flur weiterreden. Hier ist es mir zu voll und ich will nicht, dass Kollegen unser Gespräch mitkriegen.«

»Gibt es denn schon Interessenten? Ich meine ein Ehepaar, das ein Kind adoptieren möchte?«, will Waltraud wissen, als sie das Geschirr abgegeben haben und langsam durch den Flur zu ihren Arbeitsplätzen schlendern.

»In diesen Zeiten? Nein, man hat mir gesagt, dass es schon ein Weilchen dauern wird, bis ein geeignetes Paar gefunden wird. Wenn ein Paar bereit ist, wird es auf Herz und Nieren geprüft. Ein sehr langwieriges Verfahren. Infrage kommen nur Paare, die einen Ariernachweis bringen können. Auch ich muss nachweisen, dass es keine Juden in meiner Familie gibt. Wahrscheinlich Kurt auch. Ohne diese Papiere ist eine Adoption unmöglich.«

»Ja, ich weiß, dass diese Papiere erforderlich sind. Aber wie kommst du an diesen Nachweis? Musst du nun deine Eltern doch einweihen?«

»Nein, die entsprechenden Dienststellen arbeiten direkt miteinander. Schon, damit nicht gemogelt werden kann.«

»Und das Kind behältst du natürlich nicht so lange, bis jemand gefunden ist und alle Formalitäten erledigt sind.«

»Nein. Das wäre schlimm. Wenn ich mich erst an das Kind gewöhnt habe und das Kind sich an mich und es dann abgegeben werden muss. Es kann ja Monate, vielleicht ein oder sogar zwei Jahre dauern. Jedenfalls hat man mir das gesagt. Nein, ich bekomme das Kind gar nicht erst zu sehen. Voraussichtlich werde ich eine Woche im Krankenhaus bleiben und dann ohne Kind nach Hause gehen. Das Kind kommt dann in ein Kinderheim. Oder ist schon dort.«

»Weißt du schon, in welches Heim?«

»Nein.«

»Und wirst du das irgendwann erfahren?«

Inge zuckt mit den Schultern. »Keine Ahnung. Ich fürchte, nein. Es soll ja alles anonym ablaufen. Ich darf nicht wissen, wohin das Kind schließlich kommt, und das Kind darf nicht wissen, wer und wo seine Mutter ist. Aber das weißt du ja alles.« Ungerührt schaut Inge geradeaus, ans Ende des Flurs, wo der Querflügel beginnt, als gäbe es dort etwas Interessantes zu sehen.

Inges plötzliche Gelassenheit versetzt Waltraud in Erstaunen. Ganz anders war doch die Reaktion der Freundin gewesen, als sie, Waltraud, im Café von der Möglichkeit einer Adoption gesprochen hatte.

Was oder wer hat diesen Sinneswandel bewirkt? Dass Inge allein zu dieser Einsicht gekommen ist, hält Waltraud für unwahrscheinlich. Dazu hat sie sich zu heftig gegen diese Lösung gewehrt. Sind Arzt und Hebamme aktiv geworden? Haben sie Inge alle Probleme, mit denen sie konfrontiert sein würde, vor Augen geführt?

Aber warum sollte Inge auf die hören? Das sind doch mehr oder weniger Fremde, Außenstehende. Auf sie, Waltraud, hat sie doch auch nicht gehört, sich von ihren Argumenten gänzlich unbeeindruckt gezeigt. Und sie ist schließlich ihre Freundin.

Oder ist die Gleichgültigkeit gespielt? Verdeckt Inge damit ihre Traurigkeit, ihre Angst?

Was Inge letzten Endes umgestimmt hat, wird Waltraud nie erfahren. Vielleicht war es ein Brief von Kurt. Vielleicht hat er ihr noch einmal deutlich vor Augen geführt, was es bedeutet, in dieser Zeit auf sich allein gestellt ein Kind zu versorgen.

DREIUNDZWANZIGSTES KAPITEL

*M*it einer Mischung aus Erregung und Angst eilte die Tochter am Morgen ans Bett der Mutter. Die schlief noch tief und fest. Also Zeit, die Kaffeemaschine anzustellen und ein Brötchen aufzubacken.

Gegen acht würde die Frau vom Pflegedienst erscheinen, um die Mutter zu waschen, zu prüfen, ob ein Dekubitus drohte, und ihr den geliebten, von der Tochter zubereiteten, lockeren Grießbrei zu verabreichen. Diese Verrichtungen überließ die Tochter gern dem Pflegedienst, denn immer wieder hatte es gegenseitigen Unmut zwischen Mutter und Tochter gegeben, wenn diese einmal – als Vertretung – diese Dienste übernehmen musste.

Ein grauer Morgen. Während die Kaffeemaschine vor sich hin blubberte und der Toaster das Brötchen erbarmungslos erhitzte, stand die Tochter am Fenster und schaute hinaus in den Regen. Die Wolken jagten über den Himmel, als würden sie verfolgt.

Ein neuer Tag. Ein endloses Band Zeit dehnte sich gleichgültig vor ihr, ein langes lag träge hinter ihr. Was hatte die Zeit mit ihr gemacht und noch viel mehr: Was hatte sie mit der Zeit gemacht?

Eingesperrt, mal als Wachhund, mal als Schoßhündchen, hatte sie es nicht geschafft, sich aus diesem Zwinger zu befreien. Und wenn sie irgendwann befreit würde, geschähe es nicht aus eigener Kraft, sondern nur mit Hilfe des Diebes, der die Mutter wie eine Beute gierig umschlich.

Die Zeit war einfach so an ihr vorbeigeflossen, war ohne Bedeutung und wurde für sie erst jetzt zu einem Schatz, den sie achtlos am Rand des Weges hatte liegenlassen. Der einstige Schatz, ein prall gefüllter Ballon, war in all den Jahren zu einer verschrumpelten Hülle verkommen, die sich nicht mehr mit Leben füllen ließ.

Und die Zeit, die blieb? Zu spät für einen prall gefüllten Ballon.

Punkt 8.30 Uhr klingelte es. Der Pflegedienst. Die Tochter ging zur Tür, ließ die zierliche junge Frau herein. »Meine Mutter schläft noch. Sie wissen ja Bescheid. Wenn Sie etwas brauchen – ich bin in der Küche.«

Nach wenigen Minuten erschien die Pflegekraft im Türrahmen zur Küche. Trat auf der Stelle. Schaute ernst.

»Was gibt es, Olga«, fragte die Tochter ein wenig ungeduldig die hübsche Polin. Sie wollte nicht gestört werden, wollte erst einmal frühstücken, bevor sie in Anspruch genommen wurde.

»Ist tot,« sagte die Pflegekraft.

»Wer ist tot?«

»Haben nicht gemerkt?«

»Was habe ich nicht bemerkt?«

»Mutter ist – ist – lebt nicht mehr.«

VIERUNDZWANZIGSTES KAPITEL

*D*as Jahr 1943 beginnt unbeständig, Temperaturen im Plusbereich verweigern dem fallenden Schnee eine dauerhafte Bleibe. Aber schon in den nächsten Tagen des neuen Jahres folgt eine Kältewelle, die dem Schnee endlich erlaubt, sich in Ruhe niederzulassen. Insgesamt aber kann man den Winter 1942/43 als eher milde bezeichnen. Schauderwetter mit klarem Triumph des Regens.

Für Inge beginnt die beschwerliche Zeit der Schwangerschaft. Sie ist froh, dass – endlich – in drei Wochen der Mutterschutz beginnt, denn sie schleppt eine stattliche Kugel vor sich her. Immer mühsamer wird es, sich nach auf den Boden gefallenen Gegenständen zu bücken, ganz zu schweigen vom Binden der Schnürsenkel ihrer Stiefel. Abends hat sie oft geschwollene Beine, die schmerzen, wenn sie sie berührt. Hochlagern hilft da meistens, aber im Büro kann sie schlecht ihre Beine hoch oder gar auf den Tisch legen. Von der arbeitsfreien Zeit verspricht sie sich deshalb Erleichterung in diesem Punkt.

Kurt kämpft seit der Rückkehr aus dem kurzen Fronturlaub im Dezember in Frankreich. Wegen einer Lungenentzündung im November musste er nicht an die Ostfront. So ist ihm zum Glück das Stalingrad-Desaster erspart geblieben. Zu Weihnachten hat er ein Päckchen geschickt, mit französischen Köstlichkeiten, Waren, die es jetzt in Deutschland nicht mehr gibt. Seinen letzten Brief hat Inge Mitte Januar bekommen. Er ist sehr liebevoll geschrieben, enthält aber wieder die Frage, ob sie wirklich das Kind behalten wolle, und die Bitte, sich alles noch einmal in Ruhe zu überlegen. Er werde nach der Geburt des Kindes, wenn irgend möglich, nach Berlin kommen, um auf dem Standesamt die Vaterschaft anzuerkennen. Nach dem Krieg, und sein Ende werde sicher in nicht allzu weiter Ferne liegen – wobei er wohlweislich Hinweise auf Sieg oder Niederlage vermeidet –, nach dem Krieg also würden sie beide über die Zukunft nachdenken.

Diese Passage seines Briefes ist es, die Inge die Freude darüber verdirbt. Insgeheim erwartet sie immer noch, dass er sich – in ihren Augen – eines Besseren besinnt: ihr schließlich doch die Heirat und ein Zusammenleben zu dritt anbietet. So ist auch dieser letzte Brief eine Enttäuschung.

Ende Januar ruft der direkte Vorgesetzte Inge in sein Zimmer. Nachdem er einladend auf den Stuhl ihm gegenüber gezeigt und Inge eine freie Seite in ihrem Stenoblock aufgeschlagen hat, schüttelt er den Kopf: »Nein, nein, Fräulein Bergmann, kein Diktat, es geht um was anderes.« Er lehnt sich in seinem Schreibtischsessel zurück, schaut Inge mit einer Art freundlichem Interesse an:

»Die Personalabteilung hat mich darüber informiert, dass demnächst der Mutterschutz für Sie beginnt. Am –...«, er blättert in Inges Akte, die vor ihm auf dem Schreibtisch liegt.

»Am 22. Februar«, kommt Inge ihm zu Hilfe.

»Ja, das sehe ich hier auch gerade.« Er blickt auf, seufzt und fährt dann fort:

»Sie werden mir fehlen, Fräulein Bergmann. Sie sind mit den Vorgängen im Betrieb vertraut, und ich bin sehr zufrieden mit Ihrer Leistung. Ich weiß gar nicht, wer Sie ersetzen könnte.«

»Vielleicht Frau Sedel«, schlägt Inge vorsichtig vor.

»Sie machen Witze! Nein, ich muss wohl sehen, wie ich in der Zeit zurechtkomme. Was ich aber unbedingt wissen möchte: Werden Sie nach der Entbindung, ich meine nach der vorgeschriebenen Schonzeit, die, glaube ich, auch sechs Wochen beträgt, wiederkommen? Oder werden Sie danach kündigen, um sich nur noch um das Kind zu kümmern?«

Inge senkt den Kopf. »Nein, ich werde sehr bald wiederkommen. Nicht erst nach sechs Wochen«, sagt sie leise.

»Wie darf ich das verstehen?« Der Abteilungsleiter ist irritiert.

»Ich – ich werde das Kind zur Adoption freigeben«, Inges Stimme wird zunehmend fester, bestimmter, sachlicher, »deshalb entfällt der Mutterschutz nach der Entbindung. Ich werde nur ein paar Tage im Krankenhaus bleiben und dann, ohne das Kind, nach Hause gehen.«

»Oh, das wusste ich nicht. Warum tun Sie das? Haben Sie sich das auch gut überlegt?«

»Es geht nicht anders.«

»Hat Ihr – hat der Kindsvater Sie verlassen?«

»Nein, das kann man so nicht sagen. Er ist an der Front und meint, es sei im Moment nicht so – so – es sei zu schwer, im Krieg ein Kind allein großzuziehen. Das heißt, mit einem Vater an der Front, der jederzeit fallen kann.«

»Und teilen Sie diese Meinung?«

»Nein, eigentlich nicht. Aber ich sehe ein, dass es wahrscheinlich besser so ist. Denn gleichzeitig arbeiten und das Kind versorgen – ich bin nicht sicher, dass ich das schaffen könnte. So schwer mir das auch fällt, es ist wahrscheinlich das Beste.«

»Das tut mir alles sehr leid, Fräulein Bergmann. Ja, es sind schwierige Zeiten, wer weiß, vielleicht erleben wir noch weitaus schwierigere. Vielleicht hat deshalb Ihr – der Kindsvater sogar Recht mit seiner Skepsis. Und – ich weiß, das klingt jetzt ein bisschen zynisch: Aber für mich ist diese Entwicklung ausgesprochen angenehm, ich muss nicht so lange auf Sie verzichten. Ich hatte schon befürchtet, Sie könnten uns endgültig verlassen.«

»Nein, nein, das müssen Sie nicht fürchten. Ich werde sehr bald nach der Entbindung die Arbeit wieder aufnehmen.«

Der Abteilungsleiter erhebt sich. »Wenn Sie irgendetwas brauchen oder wenn ich Ihnen irgendwie helfen kann, zögern Sie nicht, mich darum zu bitten«, sagt er zum Ende des Gesprächs.

Auch Inge ist aufgestanden. »Danke!«, sagt sie nur und verlässt den Raum.

FÜNFUNDZWANZIGSTES KAPITEL

ie Tochter verstand nicht: »Das kann nicht sein. Ich habe doch vorhin zu ihr reingeschaut. Da hat sie ganz ruhig geschlafen.«

Die junge Frau wendete sichtlich verlegen ein: »Vielleicht nicht richtig geschaut.«

»Nein, nein, ich bin sicher, sie hat noch geatmet. Und gestern Abend, ja, noch spät in der Nacht hat sie mit mir gesprochen, hat mich ins Bett geschickt.«

»Tut mir Leid. Muss Arzt holen.«

»Wieso Arzt? Ach so, ja, aber nein, warten Sie! Erst will ich selbst sehen, ob sie – ob sie nicht mehr atmet.«

»Bitteschön.«

Die Polin gab die Türöffnung frei, ließ die Tochter passieren. Die eilte mit hastigen Schritten ins Schlafzimmer der Mutter, blieb dann aber abrupt am Fußende des Betts stehen und starrte auf den im Bettengebirge versteckten Kopf. Bewegte die Bettdecke sich noch, hob und senkte sie sich?

Das Herz galoppierte. Der Atem stand still. Sollte hier wirklich ihre – ihre tote Mutter liegen? Sollte der Dieb unbemerkt hereingeschlichen sein und die Mutter geraubt haben? Während sie, die Tochter, schlief.

Die Tochter musste sich eingestehen, dass sie offenbar

davon ausgegangen war, die Mutter würde immer leben. Selbst als die Mutter bettlägerig wurde, hatte die Tochter nicht ernsthaft mit dem Tod gerechnet. Aus irgendeinem Grund, der ihr nicht klar war, hatte sie gemeint, dieser Zustand würde andauern. Bis in alle Ewigkeit. Sie hatte sich sogar Gedanken gemacht, wie sie dauerhaft die Versorgung der Mutter mit ihrer Arbeit vereinbaren könnte.

»Mutti – « Fast wie eine Frage klang der kaum hörbare Ruf. Als nichts sich regte zwischen den Kissen, noch einmal, nun etwas lauter: »Mutti.«

Eine lähmende Angst erfasste sie. Angst vor der Endgültigkeit des Augenblicks. Angst, die minutenlang jeden Gedanken aussperrte. Nur langsam wurde der Tochter das Nie-wieder bewusst, wenn es die Mutter nicht mehr gab – das Wort »tot« mied sie, selbst in ihren Gedanken.

Nie wieder würde sie mit der Mutter sprechen können. Nie wieder sich gemeinsam mit ihr erregen über Missstände. Nie wieder nach Verwandten und familiären Ereignissen in der Vergangenheit fragen können. Nie wieder würde sie mit ihr am Sonntagnachmittag Kaffee trinken, im üppig gemütlichen Wohnzimmer, in Sonnenschein und Sommerwärme auf dem wie eine grüne Oase gestalteten Balkon. Nie wieder würde es die seltenen kleinen, gegenseitigen, zärtlichen Berührungen geben, ein flüchtiges Küsschen hier und da. Natürlich auch nie wieder Streit und heftige Auseinandersetzungen. Und nie wieder würde sie gemeinsam mit ihr lachen.

Gemeinsame Reisen waren seit einiger Zeit nicht mehr möglich gewesen, da zu beschwerlich für die Mutter. Die Reisen würde die Tochter nicht vermissen.

Immer noch stand sie reglos am Fußende des Betts, wusste nicht, sollte sie die Mutter berühren, um zu prüfen, ob sie wirklich nicht mehr atmete, sollte sie erst einmal in die Küche gehen und sich ihren Morgenkaffee machen, sollte sie sich mit der jungen Frau vom Pflegedienst beraten und einen Arzt rufen.

Dann stand die Pflegekraft neben ihr im Schlafzimmer. Die Tochter hatte sie nicht kommen hören.

»Sehen Sie?«, fragte die junge Frau leise. »Mutter ist tot. Muss Arzt holen.«

»Ja.« Die Tochter nickte. »Ich muss wohl den Arzt anrufen. In jedem Fall.« Zögernd bewegte sie sich Richtung Wohnzimmer, wo auf dem Nierentischchen, das sie als Reminiszenz an die fünfziger Jahre behalten hatten, sowohl die Festnetzstation als auch ihr Handy griffbereit waren. Einen Moment unschlüssig, welches Gerät sie benutzen sollte – die Nummer des Hausarztes war in beiden programmiert –, griff sie schließlich zum Handy und tippte auf den entsprechenden Button.

Als die Sprechstundenhilfe sich meldete, brachte die Tochter keinen Ton heraus. Erst als ungeduldig nachgefragt wurde, wer denn der Anrufer sei, sagte sie ihren Namen.

»Ach, Sie sind's. Wie geht es der Mutter?«, fragte die resolute Sprechstundenhilfe, eine üppige Frau in den Fünfzigern, munter.

»Ja, der Doktor müsste kommen.«

»Hausbesuche erst morgen Abend nach der Sprechstunde.«

»Es ist dringend.«

»Hat sich der Zustand Ihrer Mutter verschlechtert?«

»Ja, der Doktor muss heute noch kommen. Unbedingt.« Die Stimme der Tochter drohte zu versagen.

»Ich werd's ihm sagen. Vielleicht kann er heute Mittag

kurz vorbeischauen. Ich ruf zurück und sag Ihnen Bescheid.« Und schwups! hatte sie aufgelegt.

»Doktor kommt?«, fragte die Pflegekraft.

Die Tochter nickte.

»Okay. Dann ich gehen. Sagen Bescheid. In Zentrale.« Es blieb offen, ob die Pflegerin die Mitteilung übernehmen würde oder ob es sich um einen Auftrag für die Tochter handelte.

»Ja, gehen Sie. Vielen Dank. Für alles.«

Nachdem die Frau die Wohnungstür hinter sich zugezogen hatte, zögerte die Tochter einen Augenblick. Sollte sie noch einmal zur Mutter gehen, sie berühren, prüfen, ob die Frau vom Pflegedienst wirklich Recht hatte. Nein, der Arzt würde ja kommen und feststellen, was mit der Mutter war.

Jetzt musste sie erst einmal ihren Kaffee trinken. Dazu war sie bis jetzt überhaupt noch nicht gekommen.

SECHSUNDZWANZIGSTES KAPITEL

Nach garstigem Wetter in den ersten drei Apriltagen 1943 – ein heftiger Sturm peitscht Regen
durch die Straßen – kehrt der Winter noch einmal mit Frost und Schnee zurück. An einem solchen Tag
begibt sich Inge am späten Vormittag in das Krankenhaus,
in dem sie sich angemeldet hat, obwohl bis zum errechneten
Geburtstermin noch ein paar Tage fehlen. Aber seit dem frühen Morgen hat sie in regelmäßigen Abständen ein Ziehen
im Bauch. Außerdem ist das Kind schon seit Tagen sehr un-
ruhig, strampelt und tritt immer wieder heftig.

Eigentlich hatte Waltraud versprochen, sie ins Krankenhaus zu begleiten, wenn es so weit ist. Jetzt am Vormittag
sitzt Waltraud natürlich am Schreibtisch im Büro. Aber Inge
will nicht warten. Es ist ihre erste Schwangerschaft und da
ihr ausreichende Erfahrung fehlt, ist sie schnell verunsichert.
Zum Glück hat ihre Cousine, bei der sie seit Januar lebt, ein
Telefon, so dass sie Waltraud Bescheid geben kann.

Im Krankenhaus hat man durchaus Verständnis für die
Sorgen einer Erstgebärenden. Nach der Untersuchung durch
Hebamme und Gynäkologen ist aber klar: Die Entbindung
steht noch nicht unmittelbar bevor. Zur Sicherheit behält
man Inge aber im Krankenhaus. Nicht nur aus geburtshilf-
lichen Gründen, sondern auch wegen der allgemeinen Sicher-

heitslage. Denn zwischen Januar und März hat es mehrere Luftangriffe auf die westliche und östliche Innenstadt sowie auf Tempelhof gegeben, und niemand kann voraussagen, wie es weitergehen wird. In den ersten Apriltagen war es ruhig. Aber es ist durchaus möglich, dass im Laufe des Monats neue Bombardements folgen. In einer derart unsicheren Lage will man eine Hochschwangere nicht hin und her quer durch die Stadt schicken.

Tage der Ruhe. Und des Nachdenkens. Hier, umsorgt in der entspannten Atmosphäre einer Klinik in einem Berliner Außenbezirk, hat Inge alle Zeit der Welt, die vergangenen neun Monate, die Zeit mit Kurt und die ohne ihn, ihre Liebe und ihren Groll und schließlich ihre Entscheidung noch einmal zu überdenken. Noch hat sie nicht alle Papiere unterschrieben.

Man hat ihr gesagt, sie würde das Kind nach der Entbindung nicht zu Gesicht bekommen. Bei Kindern, die zur Adoption freigegeben werden, sei das so üblich. Denn mit dem ersten Blickkontakt würde – normalerweise – die Bindung zwischen Mutter und Kind entstehen. Und das sei im Interesse von Mutter und Kind bei künftigen Adoptionskindern unbedingt zu vermeiden.

Wird sie das ertragen können? Schließlich ist das Kind, ganz gleich, ob Junge oder Mädchen, neun Monate in ihr gewachsen, hat neun Monate mit ihr zusammen gelebt, so eng, wie man überhaupt nur zusammenleben kann. Wie wird das sein? Zu fühlen, dass ein neues Leben ihren Körper verlässt, zu hören, wie das neue Wesen schreit – und es nicht ansehen zu dürfen.

Und dann – in all den Jahren danach – wird ihr dieses Kind fehlen? Oder wird mit der Nabelschnur auch die Seelenschnur durchtrennt? So dass sie nicht mehr an das Kind denkt, einfach vergisst, dass es das jemals gegeben hat.

Nein, das kann sie sich nicht vorstellen. Ganz sicher wird sie wissen wollen, wohin das Kind kommt, ob es passende Adoptiveltern gibt und wie das Kind dort lebt. Aber die Rechtslage erlaubt das nicht. Weder darf sie etwas über den weiteren Lebensweg des Kindes, noch darf das Kind etwas über seine leibliche Mutter erfahren. Bis in alle Ewigkeit. Ein grausames Gesetz, findet Inge.

Warum das so ist, wird Inge von einer Fürsorgerin des Krankenhauses erklärt, als sie zur Unterschrift der letzten Papiere in deren Büro sitzt.

»Ich weiß, dass das für die Mütter hart ist«, sagt die Fürsorgerin, eine sympathische, ältere Frau mit grauem Haar und freundlichen Falten im Gesicht, was sie für Inge sofort vertrauenswürdig macht. Nur deshalb hat sie es gewagt zu fragen, warum es dieses Verbot gibt.

»Aber, schauen Sie, wenn Mutter und Kind auch nach der Adoption durch fremde Eltern in Kontakt bleiben, ist das sehr belastend sowohl für das Kind als auch für die neuen Eltern.«

»Wieso belastend? Das Kind hätte dann zwei Mütter, eine, bei der es ständig lebt, und eine, die ab und an zu Besuch kommt.«

Die Fürsorgerin lächelt über diesen in ihren Augen naiven Vorschlag: »Das genau ist es, was die Adoptivmutter auf keinen Fall will. Wenn sie schon die Pflichten einer Mutter für ein – zunächst – fremdes Kind übernimmt, beansprucht sie es auch ganz für sich allein. Will es nicht mit einer anderen Mutter teilen, die noch dazu die leibliche ist. Und für das Kind ist es verwirrend. Wer ist denn nun die »richtige« Mutter? Es besteht die Gefahr eines Chaos der Gefühle.«

Inge schüttelt heftig den Kopf: »Nicht, wenn man es dem Kind gut erklärt.«

»Wann wollen Sie es dem Kind denn erklären? Um die Situation zu verstehen, muss es doch ein gewisses Alter haben,

einigermaßen verständig sein. Vor dem dritten oder vierten Lebensjahr ist das gar nicht möglich. Und bis dahin hätte sich die unklare Situation bereits manifestiert.«

Während Inge verzweifelt nach neuen Argumenten sucht, fährt die Fürsorgerin fort: »Außerdem kann es Komplikationen geben, wenn die leibliche Mutter erfährt, wo ihr Kind zu finden ist. Stellen Sie sich vor, die Adoptivfamilie hat das Kind großgezogen und eines Tages kommt die leibliche Mutter und will ihr Kind zurück. Endlose Rechtsstreitigkeiten wären die Folge. Und ungerecht wäre es auch: Schließlich haben die Adoptiveltern Zeit, Geld und sicherlich Liebe investiert. Und dann kommt die leibliche Mutter und will das »fertige« Kind wiederhaben.«

»Das mag ja alles stimmen. Aber irgendwann werden die Eltern dem Kind doch sagen, dass es nicht ihr leibliches Kind ist. Und dann, wenn es erwachsen ist, das Kind, dann müsste es doch die Möglichkeit geben, dass es nach seiner leiblichen Mutter sucht. Wenn es möchte. Wenigstens von der Seite müsste das doch erlaubt sein. Das Kind will doch wahrscheinlich wissen, woher es kommt. Wer seine Vorfahren sind. Was es vielleicht von ihnen geerbt hat.« Inge besteht hartnäckig auf ihrer Sichtweise.

»Nun, die Rechtslage ist, wie sie ist, Fräulein Bergmann. Und ich denke, das ist von unserer nationalsozialistischen Regierung sehr klug geregelt.« Die törichten Bemerkungen dieser jungen Frau gehen der Fürsorgerin langsam auf die Nerven – bei aller Geduld und Freundlichkeit. »Ich gehe davon aus, dass sich jede werdende Mutter diesen Schritt reiflich überlegt hat und sich über die Konsequenzen im Klaren ist. Das nehme ich auch von Ihnen an, Fräulein Bergmann. Und nun unterschreiben Sie bitte oder überlegen es sich noch einmal. Noch ist das Kind ja nicht geboren, wie ich sehe. Noch ist Zeit, sich anders zu entscheiden.«

»Nein, nein, das ist schon in Ordnung. Ich unterschreibe.«
Vier Tage später am Morgen um kurz vor acht bringt Inge
ein gesundes Kind zur Welt. In der Nacht vom 8. auf den
9. April hat es heftig geschneit; davon hat Inge nichts mit-
bekommen, zu sehr war sie mit Pressen und Entspannen,
Pressen und Entspannen, Stöhnen und Schreien beschäftigt,
bevor sie erschöpft gegen acht Uhr in der Frühe in einen tiefen
Schlaf gesunken ist. Ohne ihr Kind gesehen zu haben. Aber
gehört hat sie es.

SIEBENUND-ZWANZIGSTES KAPITEL

*D*er Kaffee war inzwischen kalt. Die Pflegekraft musste die Maschine abgestellt haben. So was Blödes! Schade um den Kaffee. Den musste sie jetzt weggießen. Neuen aufsetzen.

Die Tochter füllte Kaffeepulver in den braunen Papierfilter und schaltete die Maschine ein. Die Maschine seufzte kurz, dann schwieg sie.

Die Tochter hatte sich an den Küchentisch gesetzt, den Kopf in den Händen vergraben, war sie tief in Gedanken versunken. Erst als sie aufstand, um endlich ihren Morgenkaffee zu trinken, erkannte sie ihr Versäumnis. Sie hatte vergessen, Wasser in die Maschine zu füllen. Also nochmal warten.

Sie setzte sich wieder, nahm die selbe Haltung wie vorher ein. Was fühlte sie? Nichts. Sie fühlte nichts. Absolut nichts.

Wie konnte das sein? Wenn das stimmte, was die Frau vom Pflegedienst behauptet hatte, müsste sie traurig sein, verzweifelt, weinen um die Mutter, die sie verlassen hatte. Oder wütend beklagen, dass sie verlassen wurde. Allein gelassen.

Aber nichts bewegte sich in ihr. Das Einzige, das sie spürte, war eine große Leere.

ACHTUNDZWANZIGSTES KAPITEL

Am 15. April – Inge ist gerade am Vormittag aus dem Krankenhaus entlassen worden – steht abends Kurt vor der Tür. Wortlos schließt er Inge in seine Arme. Lange reden sie nicht, sitzen sich gegenüber an einem kleinen Tisch in Inges Zimmer. Viel Zeit vergeht, ehe sich die Erstarrung löst, die sie beide gefangen hält.

Denn nichts ist, wie es war. Der Rausch ist verflogen. Das geborene Kind, das in seinen Augen ein ungeborenes hätte sein und in ihren Augen als ständiger Beweis ihrer Liebe bei ihnen und mit ihnen hätte leben sollen, verhindert, dass sie wieder zusammenfinden. Wie ein Fluss ohne Brücke. Wie ein Bergmassiv ohne Pass oder Tunnel.

Um überhaupt etwas zu sagen, fragt Inge: »Wie ist es jetzt an der Front?«

»Im Westen ist es noch erträglich.« Kurt ist froh, dass jetzt ein Gespräch in Gang zu kommen scheint. »Ich habe Glück gehabt. Die armen Schweine an der Ostfront, in Stalingrad, die hat es im wahrsten Sinne des Wortes kalt erwischt. Und wer nicht erfroren oder verhungert ist, der ist in Kriegsgefangenschaft gelandet.«

Was soll Inge dazu sagen? Ihr fällt nichts ein. Um das Gespräch in Gang zu halten, erkundigt sich Kurt: »War es eine schwere Geburt?«

»Nein, ganz leicht. Dreieinhalb Stunden, dann war alles vorbei?«

»Hast du das Kind gesehen?«

»Nein, das ist nicht erlaubt bei Adoptionskindern.«

Will er gar nicht wissen, ob es ein Junge oder ein Mädchen ist, wundert sich Inge und schaut Kurt erwartungsvoll an.

Nein, offenbar nicht. Er fragt nicht weiter und sagt auch nichts mehr zum Thema.

»Du bist sicher hungrig. Ich werde dir etwas zu essen machen.« Inge erhebt sich, verlässt das Zimmer. Kurt folgt ihr in die Küche. Auf dem Gang dorthin fallen ihm Inges schwere, müde Bewegungen auf. Er hält sie für normale Nachwirkungen der Entbindung.

Während er die Brote isst, die Inge mit dem belegt hat, was noch vorhanden ist im Reich zu dieser Zeit – Margarine, ein wenig Streichwurst, ein wenig Schmelzkäse –, beobachtet Inge ihn mit ausdruckslosem Blick. Als er fast fertig mit dem Essen ist, fragt sie: »Wo wirst du heute Nacht schlafen?«

»Im Hotel«, antwortet er schnell, ohne sie anzuschauen. Ob sie mit ihm kommen möchte, fragt er nicht. Will auch nicht wissen, ob es eine Möglichkeit gibt, hier bei ihr und ihrer Cousine zu übernachten. Nicht, dass sie wieder mit ihm hätte schlafen wollen, aber es verletzt sie, dass er nicht einmal fragt, ihr nicht einmal eine Entscheidung lässt. Anscheinend ist sie für ihn nun nicht mehr anziehend. Hat in seinen Augen ihren Reiz als Frau verloren.

In Traurigkeit und Enttäuschung mischt sich nun auch Wut. Was bildet er sich eigentlich ein, wer er ist? Kommt auf Stippvisite bei ihr vorbei wie bei einem verflossenen Verhältnis. Dabei hat sie vor ein paar Tagen sein Kind geboren. Und durfte es nicht behalten!

Dass es mehr eine Frage des Nicht-könnens als des Nicht-dürfens war, gesteht sich Inge nicht ein.

Nach dem ansonsten schweigsamen Abendessen erhebt sich Kurt, ein wenig unbeholfen und zögernd, man merkt ihm die Unsicherheit an. Auch Inge weiß nicht, was sie sagen, wie sie sich verhalten soll. Was gibt es denn überhaupt noch zu sagen?

»Ja, dann will ich mal gehen«, sagt Kurt. Und fügt hinzu, um wenigstens einen Hauch von Sorge zu zeigen: »Habt ihr hier viel unter Bombardierungen zu leiden?«

»Im Moment nicht«, antwortet Inge, ohne jede Emotion in der Stimme, »Anfang des Jahres hat es ein paar Luftangriffe gegeben, aber jetzt ist es ruhig.«

»Na gut. Treffen wir uns morgen auf dem Standesamt?«

»Ja, können wir machen. Wann musst du zurück zur Truppe?«

»Übermorgen. Um wie viel Uhr kannst du am Standesamt sein?«

»Das ist egal. Ich bin noch im Urlaub. Sag eine Zeit.«

»Ich würde vorschlagen, dass wir möglichst früh dort erscheinen. Da ist es hoffentlich noch nicht sehr voll. Wäre dir neun Uhr recht?«

»Ja, in Ordnung. Dann um neun.«

»Gut. Dann bis morgen.« Kurt geht auf Inge zu, weht ihr einen leichten Kuss auf die Wange und wendet sich zum Gehen. Schon an der Tür dreht er sich noch einmal um und sagt: »Vielleicht können wir dann ja noch irgendwo einen Kaffee trinken.«

Ein trockenes Lachen ist Inges Antwort. Aber das hört Kurt nicht mehr. Er hat die Wohnung schon verlassen.

NEUNUNDZWANZIGSTES KAPITEL

D er Hausarzt, der, wie zuvor von der Sprechstundenhilfe angekündigt, kurz vor halb zwei in seiner Mittagspause von eins bis drei gekommen war, hatte die Mutter kurz untersucht, die Diagnose der jungen Polin vom Pflegedienst bestätigt und abschließend den Totenschein ausgestellt.

»Tut mir Leid«, sagte er, »aber Ihre Frau Mutter war ja schon lange krank. Und ein schönes Alter hat sie auch erreicht.« Er sah in das unbewegte Gesicht der Tochter. »Sie wissen, was jetzt zu tun ist?«

Die Tochter nickte. Ihr Gesicht blieb ausdruckslos.

»Wenn Sie Hilfe brauchen, melden Sie sich! Wenn ich kann, helfe ich Ihnen gerne.« Damit war der Besuch beendet.

»Sie wissen, was jetzt zu tun ist?«, hatte der Arzt gesagt. Ja, sie musste wohl etwas tun. Sie war völlig ungeübt in einer solchen Lage. Man rief wohl ein Bestattungsinstitut an. Das kümmerte sich um alles. Aber welches? Sie hatte keine Ahnung, hatte nie mit einem Geschäft dieser Art zu tun gehabt. Eine beste Freundin, die sie fragen, mit der sie sich hätte beraten können, hatte sie nicht. Sie hatte Kollegen. Aber da sie zur Zeit im Urlaub war, konnte sie niemand fragen. Sie konnte ja schlecht bei ihrer Sekretärin anrufen und sagen: »Hallo, meine Mutter ist gestorben, kannst du mir einen vertrauenswürdigen Bestatter empfehlen?«

Nein, sie würde das Internet befragen müssen. Ein Institut in ihrer Nähe zu finden, würde kein Problem darstellen. Wohl aber eine Information über die Qualität des Dienstleisters. Die wurde ihr im Internet nicht präsentiert. Jedenfalls nicht zuverlässig.

Und was war mit den Papieren? Was für Papiere brauchten die. Die Geburtsurkunde natürlich, den Totenschein. Und was noch? Ach, das würden die vom Bestattungsinstitut ihr schon sagen.

Hatte die Mutter eigentlich ein Testament geschrieben? Da lebten sie so lange so eng zusammen, und die Tochter wusste das nicht. Sie wusste auch nicht, wo die Mutter alle wichtigen Papiere und Unterlagen aufbewahrte. Immer hatte sie gesagt, sie wolle ihr zeigen, wo alles zu finden sei, hatte es aber nie getan. Die Tochter hatte es auch nicht sonderlich interessiert.

DREISSIGSTES KAPITEL

*W*as für ein Mistkerl!«* In ihrem Zimmer wirft sich Inge aufs Bett. »Fragt nicht mal, wie es mir geht. Ohne Kind aus dem Krankenhaus zu kommen. Die Männer der anderen Frauen haben auch nicht alle Urlaub und warten vor dem Kreißsaal. Aber die Mütter gehen doch wenigstens nicht ohne ihr Kind nach Hause.« Verächtlich schnaubt sie: »Irgendwo einen Kaffee trinken. Dass ich nicht lache! So speist man eine flüchtige Bekannte ab, aber nicht die Mutter seines Kindes!«*

Inge rollt sich auf dem Bett zusammen. Ein bisschen zieht es immer noch da unten im Bauch. Manchmal jedenfalls. Und jetzt gerade wieder. Aber das sei normal, hat die Hebamme gesagt. Das geht vorbei. Nach einer Woche oder zwei.

Sie kriecht unter die Decke, zieht das Federbett bis unter das Kinn. Denn besonders warm ist es in ihrem Zimmer nicht. Tränen, die hinausdrängen, die vielleicht erleichtern könnten, verbietet sie sich.

»Und diesen Mann habe ich geliebt!« Wut kriecht in sie hinein, bis nichts anderes mehr in ihr Platz hat. Vernebelt die Gedanken, vergiftet die Gefühle. »Er ist schuld an meinem Unglück. Er hat mich betrogen. Ich habe mich darauf verlassen, dass er mich nicht im Stich lassen wird. Ja, ich habe gedacht, er würde sich freuen über ein Kind. Als Zeichen unserer Liebe. Aber er hat mich gar nicht geliebt. Hat mich benutzt für ein paar nette, unterhaltsame Urlaubstage,*

ein bisschen Abwechslung, Amüsement fern der Front. Wie dumm ich war! Mich darauf einzulassen! Waltraud hatte Recht. Wenn auch anders, als sie es gemeint hatte! Jetzt wird sie triumphieren.« Zu der Wut kommt nun noch die Scham. So kläglich Schiffbruch erlitten zu haben.

Eine Weile pflegt sie noch ihre Wut. Dann gehen die Gedanken in eine andere Richtung. Wo ist ihr Kind jetzt? Dieses kleine, hilflose Wesen. Das sie allein gelassen, fremden Menschen überlassen hat. Wird es seine Mutter, wird es sie vermissen? In welchem Heim wird es untergebracht werden? Und was für Menschen werden das Kind schließlich adoptieren? Wie werden sie es behandeln? Wird es sich dort wohlfühlen?

Mitleid mit dem Kind und Mitleid mit sich selbst erfasst sie. Nun fließen sie doch, die Tränen. Reichlich und lange.

Irgendwann, gegen Morgen, sinkt Inge erschöpft in einen tiefen, traumlosen Schlaf.

EINUNDDREISSIGSTES
KAPITEL

*A*ls sie die Tür hinter dem freundlichen Herrn vom Bestattungsinstitut geschlossen hatte, ließ sich die Tochter seufzend in einen der üppigen Sessel im Wohnzimmer fallen. Langsam wurde ihr bewusst, was geschehen war. Sie war jetzt keine Tochter mehr, denn sie hatte weder Vater noch Mutter. Das Ende, das sie manchmal im Zorn herbeigesehnt hatte, war nun eingetreten und ließ sie ratlos zurück. Sie hatte keine Ahnung, wie sie sich fühlen sollte. Wäre es nicht angebracht, in Tränen auszubrechen oder zumindest leise zu weinen? Aber die Augen blieben trocken. Auch keine stille Verzweiflung. Und Wut schon gar nicht.

Nichts! Sie fühlte immer noch nichts.

Bevor sie sich auf die Suche nach den erforderlichen Dokumenten machte, wollte sie endlich wieder in Ruhe an ihren Laptop gehen. Den hatte sie seit Tagen sträflich vernachlässigt. Es mussten sich Unmengen von E-Mails auf ihren beiden Accounts – dem dienstlichen und dem privaten – angesammelt haben.

Sie war schon auf dem Weg in ihr Arbeitszimmer, änderte dann aber kurzentschlossen die Richtung und begab sich in die Küche. Ein Kaffee war jetzt unverzichtbar. Den konnte sie ja mit ins Arbeitszimmer nehmen.

Diesmal vergaß sie nicht, Wasser in die Maschine zu geben, die einzelnen Arbeitsschritte – Glaskanne heiß ausspülen, Filter aufsetzen, Filterpapier falten und in den Filter legen, Kaffee in den Filter geben, Maschine mit kaltem Wasser füllen, Schalterknopf drücken – gingen ihr flott von der Hand.

Sie wartete, bis die Maschine ihre Arbeit aufnahm. Ganz kurz blitzte noch einmal das Bild, wie zwei kräftige junge Männer ihre Mutter in einem Zinksarg aus der Wohnung trugen, vor ihren Augen auf.

Abrupt wandte sie sich von der Kaffeemaschine ab – das Bild war wieder verschwunden – und ging in das gemeinsame Arbeitszimmer.

Ihr Laptop war noch vom letzten Check geöffnet, der sich in wilden Schleifen in unterschiedlichen Farben windende Bildschirmschoner aktiv. Ja, es waren eine Menge E-Mails eingegangen, aber doch nicht so viele, wie sie befürchtet hatte.

Am frühen Abend rief eine Kollegin, eigentlich Untergebene, bei ihr an, um zu fragen, wie es ihr gehe und wann sie an ihren Arbeitsplatz zurückkehren werde. In dem Unternehmen, in dem sie arbeitete, war die Tochter beliebt, sowohl bei den Mitarbeitern auf ihrer Ebene als auch bei den Untergebenen. Sie wurde geschätzt wegen ihrer Kompetenz und wegen ihrer Fähigkeit, kluge Lösungen zu finden und in Streitfällen ausgleichend zu wirken. Freundschaften waren aus dieser erfreulichen Bewertung nicht entstanden. Nur Achtung und Anerkennung.

Als sie der Mitarbeiterin, die ihre Sekretärin war, den Grund dafür mitgeteilt hatte, dass sie bald wieder am Arbeitsplatz erscheinen würde, zeigte diese ein für die Tochter erstaunliches Mitgefühl. Die Anruferin war zunächst sprachlos, dann versagte ihr die Stimme, und sie brachte keinen zusammenhängenden Satz heraus, außer am Ende ein kaum hörbares »Mein Beileid«. Eine Betroffenheit – tiefer als die eigene. Wie konnte das sein? Was ist mit mir los?

Darüber nachzudenken, war jetzt nicht die Zeit. Sie musste sich um die Papiere kümmern. Für morgen Vormittag hatte sie einen Termin beim Bestatter, um den Sarg auszusuchen; sie hatte sich noch für kein Modell aus dem Katalog, den der Herr vom Bestattungsinstitut vorgelegt hatte, entscheiden können. Bei dieser Gelegenheit musste sie die erforderlichen Urkunden übergeben.

Schwer atmend setzte sie sich an den Schreibtisch der Mutter. Hier irgendwo, in irgendeiner Schublade, müssten die Papiere sein, die sie brauchte.

Erst einmal blieb sie reglos sitzen, starrte auf die Utensilien auf dem Schreibtisch – außer dem üblichen Schreibzeug: Stifte, Marker, Tesa, Hefter usw. auch eine Reihe kleiner holzgeschnitzter Elefanten. Auf ihrer gemeinsamen Afrika-Reise vor fast zwanzig Jahren hatte die Mutter ihre Liebe zu diesen Tieren entdeckt und begonnen, Exemplare aus den unterschiedlichsten Materialien zu sammeln. Glas, Keramik, Marmor, Metall und Holz. Die ganze Wohnung war voll davon.

Die Tochter konnte sich nicht entschließen, eine der Schubladen herauszuziehen. Das alles war zu viel für sie. Damals nach dem Tod des Vaters hatte die Mutter alles geregelt. Sie hatte sich um nichts kümmern müssen. Nun war das ihre Aufgabe. Und auch wenn der Bestatter ihr angeboten hatte, allen Schriftkram und alle Behördengänge für sie zu erledigen, fühlte sie sich restlos überfordert.

ZWEIUNDDREISSIGSTES KAPITEL

I'm Standesamt Zehlendorf herrscht dichtes Gedränge. Viele Paare wollen auf die Schnelle heiraten, bevor der Krieg ihnen den Geliebten an der Front oder die Geliebte durch Bombenangriffe nimmt. So reiht sich eine Trauung an die andere.

Nur zwei der bereitgestellten Stühle vor dem Raum für Vaterschaftsanerkennung sind von einem sehr jungen Paar besetzt. Gerade als Inge und Kurt, die sich pünktlich vor dem Gebäude getroffen haben, dort erscheinen, werden die beiden jungen Leute aufgerufen. Eine nicht mehr ganz junge Beamtin in grauem Kostüm mit Haarknoten im Nacken bedeutet Inge und Kurt, kurz Platz zu nehmen. Es werde nicht lange dauern. Außerdem sei ihr Termin sowieso erst etwas später.

Dann geht alles sehr schnell. Die erforderlichen Ariernachweise liegen vor. Sie müssen nur noch ihre Ausweise zeigen, und Kurt muss die Anerkennung der Vaterschaft unterschreiben. Das war's. Die Beamtin in Grau überreicht ihnen eine Kopie der Amtshandlung und entlässt sie gnädig.

Nun stehen sie unter dem Säulenvorbau des ockerfarbenen, langgezogenen Gebäudes. Unschlüssig. Sehen sich fragend an. Kurt trägt wieder seine Uniform; Inge muss sich hüten, sich erneut in ihn zu verlieben. Sie muss die Glut ihrer Wut schüren.

»Und nun?«, fragt sie herausfordernd.

Kurt lächelt amüsiert. Jetzt ist sie wieder die, in die er sich verliebt hat und die er trotz allem immer noch liebt. Immer noch lächelnd schaut er ihr in die Augen und sagt: »Na, irgendwo hier in der Nähe wird's ja wohl ein Café geben.«

Nachdem sie ein Stückchen gelaufen sind, schweigend nebeneinander, finden sie, was sie gesucht haben. Das kleine Café ist fast leer – kein Wunder, schließlich ist Krieg. Wer hat schon Lust auf einen Café-Besuch? Den meisten fehlt auch das Geld.

Hier sitzt allerdings an einem der kleinen quadratischen Tische ein Paar mittleren Alters. Sie scheinen etwas zu feiern, denn vor jedem von ihnen steht ein Sektglas, eines halbvoll, das andere schon fast leer. Der Anlass ist nicht ersichtlich. Aber in jedem Fall ist es in dieser Umgebung und unter diesen Umständen eine bescheidene Feier.

Kurt wählt einen Tisch direkt am Fenster. Mit flinken Schritten eilt eine ansehnliche Frau in den Dreißigern herbei und fragt nach den Wünschen der beiden Neuankömmlinge. Kurt bestellt Kaffee, »auch Kuchen?«, er sieht Inge fragend an, und als die nickt, fragt er: »Haben Sie auch Kuchen?« »Nur Streusel und Apfel«, sagt die Frau. »Dann bringen Sie bitte von jedem ein Stück.«

Nachdem die Frau wieder verschwunden ist, versucht es Kurt mit einem Gespräch. »Ich weiß, du bist böse auf mich. Du nimmst es mir übel, dass ich nicht vor Freude gejubelt habe über die Nachricht, dass du ein Kind erwartest.«

Inge schweigt, hält den Kopf gesenkt und zeichnet mit einem Fingernagel die blauweißen Karos der Tischdecke nach.

Also erst einmal ist die Tür noch zu, denkt Kurt. Aber so schnell gibt er nicht auf.

»An der verfahrenen Situation bin ich zum großen Teil mit schuld. Das sagte ich dir schon einmal. Wir waren beide alt genug, um zu wissen, was passieren kann. Wir hätten uns schützen müssen. Aber nun ist es einmal passiert, und wir müssen sehen, wie wir damit klarkommen.«

»Wie ich damit klarkomme!«, denkt Inge, schweigt aber weiter.

Er macht eine kleine Pause, um Inge die Gelegenheit zu geben, sich am Gespräch zu beteiligen. Als von ihr immer noch nichts kommt, fährt er fort:

»Ich bin nach wie vor der Meinung, die Entscheidung, die du jetzt getroffen hast, ist richtig. Auch wenn sie dir unsagbar schwer fällt. Ich kann mir vorstellen –«

»Nichts kannst du dir vorstellen«, faucht Inge unvermittelt. »Was weißt du von meinen Gefühlen, von den Gefühlen, die eine Mutter hat, wenn sie nach der Geburt ihres Kindes ohne Kind nach Hause geht. Und weiß, dass sie das Kind nie sehen wird. Und außerdem«, fügt sie hinzu, als sie merkt, dass Kurt etwas erwidern will, »es war nicht meine Entscheidung, jedenfalls keine freiwillige. Ihr habt mich dazu gezwungen!«

»Wer ist ‚ihr‘?«, unterbricht Kurt sie mit seiner Frage.

»Du und Waltraud.«

»Waltraud? Ist das die Freundin, mit der du damals in dem Lokal warst? Damals, als wir uns kennengelernt haben?«

Inge nickt.

»Inge, ich habe dich nicht gezwungen, und ich nehme an, Waltraud hat es auch nicht getan. Letzten Endes musstest du entscheiden. Ich finde, du hast dich richtig entschieden. Wie willst du in diesen Zeiten dich und ein Kind durchbringen? Demnächst musst du zurück an deinen Arbeitsplatz. Wo sollte dann das Kind tagsüber bleiben? Wenn deine oder meine Eltern in Berlin wären, könnten sie sich um das Kind kümmern, während du arbeitest. Aber sie leben weit weg von hier. Ich weiß, es ist schwer für dich, aber glaube mir, unter den gegebenen Umständen ist es die beste Lösung.«

»Es ist doch auch dein Kind! Macht dir das gar nichts aus – dass dein Kind bei fremden Menschen aufwächst?«

Kurt schweigt. Was soll er sagen? Ohne sie zu verletzen. Also kommt die Wahrheit nicht in Frage. Denn wenn er ehrlich ist: Er hat nicht den leisesten Bezug zu diesem Kind. Er hat die Schwangerschaft der Mutter nicht mitverfolgt. Er war im Krieg. Hatte kaum Zeit, sich in Gedanken mit einem Kind zu beschäftigen, das er ohnehin nicht gewollt hatte. Er hat die Geburt nicht als vor dem Kreißsaal wartender Vater erlebt. Er hat das Kind nicht gesehen, nicht einmal gehört wie seine Mutter. Es ist für ihn wie ein Kind aus der Erzählung eines anderen.

Aber immer noch liebt er Inge. Und es schmerzt ihn, dass sie so unglücklich ist. Irgendetwas Tröstendes muss ihm einfallen.

Über den Tisch hinweg legt er seine Hand auf ihre. »Inge, lass uns jetzt nicht mehr über die ganze Sache grübeln. Versuche, das, was geschehen ist, zu vergessen! Es ist nicht mehr zu ändern. – Und wenn der Krieg zu Ende ist«, fügt er hinzu, »ich hoffe, das wird sehr bald sein, und wenn ich dann unversehrt nach Hause komme, dann werden wir über unsere Zukunft sprechen, eine gemeinsame Zukunft, ganz sicher auch mit Kindern. – Wenn du nicht inzwischen einen anderen Mann kennengelernt hast.«

Er lächelt Inge zu. Es soll ein Scherz sein. Aber Inge bleibt unbeeindruckt. Leise – Kurt hat Mühe, sie zu verstehen –, sagt sie: »Ach, wer weiß, was am Ende des Krieges sein wird.« Dann hebt sie den Kopf, schaut Kurt fest in die Augen: »Hast du mich eigentlich überhaupt geliebt oder war ich nur ein Fronturlaubsabenteuer?«

»Was für eine Frage, Inge!« Kurt ist ehrlich empört. »Ich habe dich geliebt, und ich liebe dich immer noch. Sehr sogar. Und ich denke, das weißt du auch.«

Inge zuckt mit den Schultern. »Kann sein. Aber ich spüre das seit langem nicht mehr. Dass du mich liebst. Ich meine, wenn es so wäre, hättest du anders reagiert. Hättest dich gefreut auf unser Kind. Hättest mich unterstützt in der Zeit der Schwangerschaft. Ich meine nicht mit Geld und Paketen, ich meine mit Worten. In deinen Briefen. Und du hättest nicht zugelassen, dass ich das Kind weggebe.«

Nein, über dieses Thema ist einfach nicht mit ihr zu reden. Sie hat sich regelrecht festgebissen. Wie ein scharfer Hund. Kurt seufzt schwer. Es bringt nichts. Wir drehen uns im Kreis. Ich muss das Thema wechseln. Sie auf andere Gedanken bringen.

»Wann wirst du wieder arbeiten?«

Ah ja, das Thema ist ihm unangenehm. Er lenkt ab. Inge ärgert sich, zeigt das aber nicht. »Wenn alles normal verläuft, sich alles zurückbildet« – das Wort ,Gebärmutter' zu benutzen, ist ihr peinlich – »in zwei Wochen.«

»Wohnst du weiter bei deiner Cousine?«

»Ja.«

»Das ist gut. Du solltest jetzt nicht allein sein. Ich muss ja zurück an die Front. Da ist es für mich beruhigend, dich nicht allein, sondern in Gesellschaft zu wissen.«

»Ach ja?«

»Inge, bitte! Lass uns nicht im Streit auseinandergehen. Ohne Krieg wäre alles anders. Einfacher und sicherer. Aber so –... Denk bitte immer daran, dass ich dich liebe. Sehr sogar. Und ich wünsche mir nichts mehr, als mit dir zusammenzuleben. Auch Kinder zu haben. Aber erst müssen wir abwarten, was nach dem Krieg ist. Werde ich noch leben, wirst du noch leben? Lass uns, solange das möglich ist, in Kontakt bleiben.«

Kurt erhebt sich langsam, zögernd, seufzt: »Ich muss los, Inge. Mein Zug geht in zwei Stunden, und ich muss noch meine Sachen holen.«

Auch Inge steht auf. Sieht ihn an. Tränen in den Augen.

Draußen vor dem Café empfängt sie ein grauer Tag. Dunkle Schneewolken schlucken das Licht. Obwohl sich das nicht schickt, nimmt Kurt Inge in die Arme und küsst sie in aller Öffentlichkeit. Jetzt endlich gibt Inge ihren Widerstand auf, schlingt ihre Arme um seinen Hals und erwidert seinen Kuss.

Er begleitet sie noch bis zur Wohnung der Cousine. An der Tür nur noch ein leichter Kuss zum Abschied, wie zerstreut, er ist schon weg, eine Berührung an der Schulter – dann wendet er sich endgültig zum Gehen, mit schnellen Schritten, ohne sich noch einmal umzuwenden. Sie schaut ihm nach, bis er im Dunkel des S-Bahnhofs verschwunden ist.

DREIUNDDREISSIGSTES KAPITEL

Schließlich begann sie doch die Suche. Gleich bei der ersten Schublade blieb sie hängen, denn die war randvoll mit Fotos vollgestopft. Miniatur-Alben, prall gefüllte Briefumschläge und lose herumrutschende Fotos unterschiedlichen Formats, von den kleinen quadratischen Schwarz-Weiß-Bildchen mit gezacktem weißen Rand, aufgenommen mit der »Agfa-Klack«, bis zu farbigen 10x15 Hochglanz-Aufnahmen aus der Digitalkamera.

Das sah der Mutter gar nicht ähnlich, dieses ungeordnete Durcheinander. Woher kamen diese Fotos? Die Tochter kannte nur die großformatigen Alben im Kunststoff- oder Leineneinband mit sauber in durchsichtigen Ecken gehaltenen Fotos. Und was sollten diese Fotos hier?

Die Tochter griff nach ein paar Agfa-Klack-Fotos. Viel war darauf nicht zu erkennen. Ein bisschen unscharf, außerdem war alles so klein. Ein Backsteingebäude. Sah aus wie eine Schule oder ein Krankenhaus oder eine Behörde. Auf dem nächsten eine Person vor dem Backsteinbau, in einer Art Schwesterntracht. Mit einem Häubchen. Im Arm hielt sie ein Bündel. Könnte ein Kissen sein. Aber was war das? Oder auch: Wer war das? Und wo war das?

Es gab noch weitere Fotos dieser Art, sie zeigten Personen, die sie nicht kannte, und Verwandte und Bekannte, die alle nicht mehr lebten. Eigentlich müssten doch auch Fotos von ihr, der Tochter, als Säugling und als Baby zu finden sein. Sie kramte weiter.

Aber sie fand nichts.

Sie stand auf, ging ins Wohnzimmer, zu dem von oben bis unten mit den Fotoalben in Kunststoff und Leinen gefüllten Regal. Irgendwo – vielleicht sogar hinten in der zweiten Reihe – musste das Album mit den Kinderfotos von ihr stehen.

Sie nahm ein paar der vorderen Alben heraus, legte sie auf den Wohnzimmertisch und ging zurück zum Regal.

Ach ja, da war es ja. Stimmt, jetzt fiel es ihr wieder ein: Einen hellrosa Leineneinband hatte es gehabt. Und hatte es natürlich noch!

Sie zog es heraus, sank in einen der schweren Ledersessel, das Album auf dem Schoß. Einen Augenblick zögerte sie, wusste nicht, warum, dann öffnete sie es entschlossen.

Das erste Foto – natürlich noch schwarz-weiß – zeigte ein kleines Mädchen, zwei bis zweieinhalb Jahre alt, im weißen Kleid mit weißen Söckchen. Sauber, hübsch, niedlich. Mit einem schelmischen Lächeln schaute das Kind in die Kamera. Das war das Lieblingsbild der Mutter gewesen. Voller Stolz wurde es allen, die sich für Familienfotos interessierten, gezeigt. Manchmal auch denen, die sich nicht dafür interessierten.

Es folgten Fotos mit den Eltern, mit der Großmutter, mit einer Tante – mal auf einem Bahnhof, das kleine Mädchen auf dem Arm des Vaters, mal auf einem Tisch in der Wohnung der Großeltern, mal daheim beim Spielen. Immer war das Kind mindestens zwei Jahre alt.

Die Tochter blätterte weiter, obwohl sie wusste, dass es sinnlos war zu blättern, denn die Mutter hatte die Fotos streng chronologisch eingeordnet. Und es bestätigte sich: Kein einziges Foto gab es von einem Baby oder gar einem Säugling.

Klar, sagte sich die Tochter, es war Krieg, da hatte man anderes im Kopf als Fotografieren. Vielleicht besaßen die Eltern zu der Zeit keine Kamera. Aber es existierten doch, erinnerte sich die Tochter, Fotos, wenn auch wenige, von einer Skireise der Eltern nach Österreich, die zu der Zeit stattgefunden haben musste, als sie ein Baby war.

Die Tochter grübelte weiter. Den Eltern war es entsprechend den Erzählungen in der Familie trotz des Krieges nicht schlecht gegangen. Da würden sie doch wohl einen Fotoapparat besessen haben. Und wenn der aus irgendwelchen Gründen nicht verfügbar oder gerade defekt war, hätten sie sich doch von Freunden einen leihen können, um ihr lang ersehntes, geliebtes Baby vom ersten Lebensmoment an abzulichten und die Bilder für die Ewigkeit in ein Album zu kleben.

Kopfschüttelnd erhob sich die Tochter, stellte das rosagebundene Album zurück ins Regal. Grübeln und nach Antwortensuchen war jetzt nicht angesagt. Sie musste die Papiere zusammensuchen, die der Bestatter morgen von ihr haben wollte, damit er die erforderlichen Formalitäten erledigen konnte.

Erneut nahm sie am Schreibtisch der Mutter Platz. Irgendwo in einer der Schubladen oder Fächer musste die Mutter die Dokumente verwahrt haben. Warum, zum Teufel, haben wir nie darüber gesprochen, warum hat sie mir nie gesagt, wo ich im Ernstfall die Papiere finden kann. Nun muss ich alles durchwühlen, wer weiß, wie lange ich suchen muss, bis ich sie entdecke.

Aber vielleicht waren sie gar nicht im Schreibtisch. Vielleicht gab es einen Ordner. Ja, das war viel wahrscheinlicher, dass die Mutter, die so auf Ordnung bedacht war, einen Ordner für wichtige Dokumente angelegt hatte.

In einem anderen Regal befand sich eine Reihe dickbäuchiger, in ihrer grauen Nüchternheit abweisend einäugig blickender Aktenordner. Alle trugen ihren Inhalt auf dem Rücken: Rechnungen, Bank, Auto, Reisen, Prospekte, Korrespondenz A-G, Korrespondenz H-M, Korrespondenz N-S, Korrespondenz T-Z. Kein Hinweis auf irgendwelche Dokumente, Urkunden, Ausweispapiere.

Ratlos stand die Tochter vor dem Regal, die Augen verfolgten noch einmal Reihe für Reihe. Da entdeckte sie ganz am Ende der obersten Reihe, fast versteckt, da ein wenig nach hinten verschoben, einen schmalen Ordner ohne Beschriftung. Aber ohne Hilfsmittel war da nicht heranzukommen. Aus der Küche holte sich die Tochter den kleinen dreistufigen Metalltritt, den die Mutter früher immer benutzt hatte, wenn sie die Hängeschränke in der Küche geputzt hatte. Der würde wohl ausreichen. Noch zögerte sie, wusste nicht, warum. Aber sie musste prüfen, ob dieser Ordner die erforderlichen Unterlagen enthielt.

Schließlich wagte sie den Griff nach dem Ordner, stieg mit ihm von der kurzen Leiter. An ihrem Schreibtisch schob sie den Laptop ein wenig zur Seite, um Platz zu haben, und schlug den Ordner auf. Ja, Volltreffer! Direkt unter einem Deckblatt fand sie die Geburtsurkunde der Mutter, die Heiratsurkunde der Eltern und weitere Dokumente, die die Mutter betrafen, es folgten Urkunden und Bescheinigungen für den Vater. Eigentlich müsste der Ordner auch ihre Papiere enthalten.

Langsam blätterte sie weiter.

Ja, jetzt ging es um sie. Da war zuerst die Bescheinigung

über ihre Konfirmation, gefolgt vom Taufschein. Sie war nicht gleich nach der Geburt, sondern erst mit drei Jahren getauft worden. Das wusste sie. Kriegsbedingt, wie die Mutter ihr erzählt hatte. Nun, das war in Kriegszeiten sicher nichts Ungewöhnliches. Heute wurden Kinder oft noch viel später getauft. Auch ohne angespannte Verhältnisse.

Bevor sie weiterblätterte, stand sie auf, wusste nicht, warum sie das tat, wollte sich in der Küche ein Glas Wein einschenken aus der Flasche von – wann war das gewesen: vorgestern, vorvorgestern? Die Zeit verschwamm in den letzten Tagen zu einem trägen, uferlosen Fluss ohne Anfang und ohne Ende. Zudem machte ihr die gewalttätige Stille in der Wohnung zu schaffen. Die Leere umgab sie wie eine unsichtbare, undurchdringliche Hülle, sie spürte sie fast körperlich.

Sie hatte sich richtig erinnert: Die Flasche enthielt immer noch einen kleinen Rest. Mit dem nicht ganz vollen Glas kehrte sie an ihren Schreibtisch zurück.

Nach dem Taufschein müsste nun die Geburtsurkunde erscheinen. Denn alle Ausbildungsnachweise, wie Abiturzeugnis, Magisterzertifikat, Promotionsurkunde, erfolgreich abgelegte Sprachprüfungen, bewahrte die Tochter in ihrem Schreibtisch auf.

Und dann lag sie vor ihr, die Geburtsurkunde, ausgestellt vom Standesamt Zehlendorf von Berlin. Die Vornamen waren korrekt, Geburtsdatum und –ort auch. Aber der Nachname stimmte nicht, war ein ganz anderer als ihrer. Einer, den sie noch nie gehört hatte. Und da war eine Mutter eingetragen mit dem selben Nachnamen, der aber ganz anders war als der, den sie bisher für den ihrer Mutter gehalten hatte.

Das Papier enthielt zwar noch mehr Text, aber die Tochter war jetzt erst einmal nicht in der Lage weiterzulesen.

Sie konnte es nicht glauben, wollte es nicht glauben, das konnte nicht sein, irgendetwas war da furchtbar falsch gelaufen, irgendjemand musste sich entsetzlich geirrt haben.

Mit dem fast leeren Glas in der Hand lief sie ziellos im Arbeitszimmer umher, außerstande, sich wieder an den Schreibtisch zu setzen und den Text zu Ende zu lesen. Eine vage Ahnung stieg in ihr auf – sie war schließlich nicht dumm –, die sie aber noch nicht zulassen konnte. Es *durfte* nicht wahr sein!

Als fürchte sie, sich zu verbrennen, näherte sie sich schließlich doch zögernd ihrem Schreibtisch, setzte sich wieder und zwang sich, auch den restlichen Text zu lesen. Es war ja anzunehmen, dass sie hier die nötigen Erklärungen bekommen würde.

Unter »Vermerke« wurde festgestellt, dass ein Mann mit einem wieder anderen Namen, den die Tochter auch noch nie gehört oder gelesen hatte, die Vaterschaft anerkannt hatte. Also nicht nur eine andere Mutter, sondern auch ein anderer Vater.

Danach endlich folgte die Auflösung dieser Rätsel: Das Kind sei von einem Ehepaar mit dem (jetzigen) Familiennamen der Tochter – und ihrer »Eltern« – »an Kindes Statt angenommen« worden und führe »fortan ausschließlich den Familiennamen« des Ehepaares. Zu diesem Zeitpunkt, errechnete die Tochter anhand des auf dem Dokument vermerkten Datums, war sie zweieinhalb Jahre alt gewesen.

Reglos, wie betäubt, saß sie am Schreibtisch, die Ellbogen aufgestützt, das Kinn auf den gefalteten Händen. In ihrem Kopf totales Chaos, wüstes Durcheinander. Sie war unfähig, einen klaren Gedanken zu fassen.

Nach einer ganzen Weile begannen die Fragen: Was sollte sie jetzt mit diesem Wissen anfangen? Die leiblichen Eltern suchen? Aber wie? Außer den Namen wusste sie nichts über sie. Lebten sie überhaupt noch? Was waren das für Menschen? Wieso waren sie nicht verheiratet? Und schließlich die Frage aller Fragen: Warum hatte die Mutter sie weggegeben? Mitten im Krieg. Wegen des Krieges? Warum? Und wieso Mutter? Wer ist denn jetzt meine Mutter? Soll ich ihr die Bezeichnung »Gebärende« geben? Erzeuger gilt ja nur für den Vater. Oder muss ich jetzt das Adjektiv »leiblich« vor den Begriff setzen?

Gibt es vielleicht irgendwo Geschwister? Aber nein, dann hätten die leiblichen Eltern ja noch geheiratet haben müssen. Halbgeschwister wären allerdings möglich.

Und dann kam die Wut. Auf die gerade verstorbene Mutter, die gerade posthum zur nicht leiblichen geworden war. Die sie nicht mehr befragen konnte. Sie hatte doch sicher etwas über die leiblichen Eltern gewusst. Warum hatte sie ihr ihre wahre Herkunft bis zum Schluss verschwiegen? Wollte sie bis an ihr Lebensende die einzig wahre Mutter sein? Durfte es keine leibliche Mutter für die Tochter geben? Was befürchtete sie denn? Dass die Tochter nach den biologischen Eltern suchen würde?

Ja, das hätte sie getan.

Nun war auch klar, weshalb die Mutter so heftig gegen jede Beziehung der Tochter gearbeitet hatte. Für eine Heirat, wenn es denn so weit gekommen wäre, hätte sie ihre Geburtsurkunde gebraucht ...

Die Tochter lehnte sich in ihrem Schreibtischsessel zurück und schloss die Augen. Jetzt hat *sie mich* alleine gelassen – mit allem!

Und dann sprang sie auf – stieß einen Schrei aus. Einen gellenden Schrei. Den Schrei der weggeschlossenen Wut von vielen Jahren.